Inhalt

Die Todesbrücke

Ein Zeuge weiß zuviel

Uli und seine

Uli

Name: Ulrich, genannt Uli, Professor oder Kommissar
Kennzeichen: sagenhaft dürr, groß, runde Hornbrille, kurzgeschnittenes Haar, altmodische Kleidung
Wichtig: unglaublich gute Noten, Klassensprecher, der »Anführer« der Freunde

Meggi

Name: Mechthild, genannt Meggi
Kennzeichen: schlank, kurzgeschnittene dunkelbraune Haare
Wichtig: unzertrennliche Freundin von Sandra

Banni

Name: Georg, genannt Banni
Kennzeichen: schlank, krumme Haltung, unkämmbare blonde Haare, sehr blasse Hautfarbe
Wichtig: Körperbau und Gesichtsform gleichen oft einer Banane, begriffsstutzig, aber sehr treu, Bruder von Sandra

Freunde

Name: Peter Strohmann, genannt Pepp
Kennzeichen: mollig, kurzgeschnittene braune Haare, rundes Gesicht, strahlende Augen
Wichtig: meistens recht fröhlich, Bruder von Muck

Pepp

Name: Sandra, genannt Radieschen
Kennzeichen: schlank, schulterlange hellblonde Haare (oft Pferdeschwanz)
Wichtig: ihr meistens mißlungener Pferdeschwanz trug ihr den Namen Radieschen ein, Schwester von Banni, aber sehr klug

Sandra

Name: Markus Strohmann, genannt Muck
Kennzeichen: ziemlich dick (genauer: fett), kurzgeschnittene braune Haare
Wichtig: Witzbold, Bruder von Pepp

Muck

Die Todesbrücke

1. Der Neue

»Was will der Klassenlehrer von dir, Uli?«

Aus Pepps fröhlichem Gesicht schauten fragende Augen.

»Weiß nicht . . .«, Uli zuckte die Schultern, »er hat vor der Pause nur gesagt, ich soll nach Schulschluß ins Lehrerzimmer kommen; er hätte was mit mir zu besprechen.«

»Was das nur sein kann?« schaltete sich Muck ein.

Neben ihnen stand der kleine schmächtige Thomas. Ihm hatten die Freunde in einer besonders brenzligen Situation geholfen (siehe: Uli kann's nicht lassen!).

Nun trat auch noch Banni zu der Gruppe, die in einer Ecke des großen Pausenhofs stand.

Er hatte lange nach seinem Pausenbrot gesucht, das in seiner Schultasche ganz nach unten gerutscht war.

»Wo die Mädchen nur bleiben?« fragte Banni. »Die halbe Pause ist doch schon rum.«

Ehe jemand antworten konnte, kamen Sandra und Meggi auch schon um die Ecke des Schulhauses.

»Das geht ja schon gut los!« schimpfte Radieschen, als sie die Jungs erreicht hatte.

»Was war denn?« wollte Uli wissen.

»Das ist heute der erste Schultag und die Lehrerin hat uns gleich die erste große Pause halb kaputtgemacht – bloß, weil sie so lange von ihrem Urlaub erzählen mußte; und dann hat die Zeit nicht mehr gereicht!«

»Aber es war doch ganz lustig, was sie alles erlebt hat«, warf Meggi ein.

»Ja, schon . . .« Radieschen winkte ab.

»Und wie ging's bei euch?« fragte Meggi die Jungs.

»Ach – wie immer«, antwortete Muck gelangweilt.

»Meinetwegen könnten sofort wieder Ferien sein.«

»Sind aber leider nicht!« Pepp holte tief Luft. »Und was habt ihr alles erlebt? Ich meine in den Ferien?« fragte er weiter.

Die Mädchen erzählten kurz von einigen Erlebnissen. Aber schon klingelte es wieder, und sie mußten in ihre Klassenzimmer.

Immer wieder dachte Uli daran, daß er nach Schulschluß zum Klassenlehrer sollte. Was der nur wollte? Hoffentlich war es nichts Schlimmes. Uli war ja Klassensprecher. Ob es damit zusammenhing?

Kaum, daß sie nach der letzten Stunde das Zimmer verlassen hatten, machte sich Uli auf den Weg zum Lehrerzimmer. Er klopfte an. Die Tür wurde geöffnet.

»Ach Uli, schön, daß du kommst. Komm nur rein«, sagte sein Klassenlehrer, der ganz allein im Zimmer war. »Komm, setz dich mit an den Tisch. – Na, wie war's in den Ferien?« Uli dachte an Marion und wie sie gemeinsam den Brandstifter gejagt hatten. Und wie dann alles in einer großen Überraschung geendet hatte (siehe: Uli und der Rote Hahn).

Aber davon wollte er noch nicht einmal seinen Freunden etwas erzählen.

»Es war ganz schön . . .«, antwortete Uli deshalb nur kurz. Auf was der Lehrer wohl hinauswollte? Offensichtlich hatte er etwas anderes auf dem Herzen. Er fragte auch nicht weiter nach den Ferien, sondern begann zögernd mit seinem Anliegen. »Weißt du, Uli, ich will dich um etwas bitten.« Er holte tief Luft.

»Du bist doch ein vernünftiger Junge, Uli und –«, noch einmal zögerte er, »es dreht sich darum: In unserer Klasse ist doch der Neue, der Willi – und . . .«

Während der Lehrer schon wieder nach den richtigen Worten suchte, erinnerte sich Uli an den Jungen. Heute morgen war er der Klasse vorgestellt worden. Uli hatte sich noch nicht mit ihm unterhalten. Sie waren ja erst ein paar Stunden in der Schule zusammengewesen. Was sollte mit Willi besonderes sein? Er war etwa so groß wie Uli, schlank, hatte mittelbraune Haare, und vor der Klasse war sein Blick recht verschüchtert gewesen. War ja auch klar, wenn man so neu in eine fremde Schule kam. Willi war wohl erst während der Ferien hierhergezogen.

»Weißt du, Uli«, fuhr der Lehrer endlich fort. »Ich möchte dich bitten, daß ihr dem Willi helft. Sein Vater ist vor wenigen Wochen – äh – gestorben.«

»Ist doch klar«, murmelte Uli. Warum druckste der Lehrer so komisch herum?

Natürlich würden sie versuchen, es dem Willi leichtzumachen, sich hier einzuleben, erst recht, wenn er erst seinen Vater verloren hatte.

Der Lehrer schien Ulis Gedanken zu erraten.

»Das ist ja nicht so ungewöhnlich, daß jemand stirbt, Uli. Nur – sein Vater hat sich das Leben genommen. Willi und seine Mutter sind hierhergezogen, weil sie in dem Dorf, aus dem sie stammen, nicht mehr leben konnten. Die Leute haben behauptet, sie hätten den Vater in den Tod getrieben.«

Ernst sah der Lehrer Uli an.

»Du kannst dir denken, daß Willi ziemlich durcheinander ist. Zuerst der Verlust des Vaters und dann solche Anschuldigungen. Seine Mutter hat mir gesagt, daß sie Angst hat, der Junge könnte sich auch noch etwas antun.«

Nun verstand Uli, warum der Lehrer so lange um den heißen Brei herumgeredet hatte. Dieser Willi brauchte wirklich Hilfe!

»Uli, du als Klassensprecher kannst doch mit den Jungs reden. Wieviel du ihnen von dem erzählst, was ich dir gesagt habe, das überlasse ich dir. – Ich weiß, daß ich mich auf dich verlassen kann, Uli. Hier hast du Willis

Anschrift, falls du ihn besuchen willst.« Er gab Uli einen kleinen Zettel. »Und, wenn irgend etwas ist, ich stehe dir immer zur Verfügung. Alles klar?«

Uli nickte. »Selbstverständlich . . .«

Die Freunde hatten vor der Schule auf Uli gewartet. Sie bemerkten sofort, daß es eine ernste Unterredung gewesen sein mußte, als er mit langsamen Schritten näher kam.

»Was ist denn los, Uli?« fragte Pepp auch gleich. Uli stöhnte etwas. Dann berichtete er von seinem Gespräch im Lehrerzimmer. Als er geendet hatte, waren zunächst alle still.

»Puh«, sagte Meggi nach einer Weile. »Wenn ich mir vorstelle, er würde sich das Leben nehmen . . . – da mußten wir uns doch ewig Vorwürfe machen.«

»Wir müssen uns um ihn kümmern.« Uli überlegte. »Vielleicht könnten wir ihn gleich heute nachmittag zu mir einladen. Da sitzen wir zusammen und – ach, wir werden uns schon irgendwie unterhalten können.« Ulis Vorschlag stimmten alle zu. Ehe Uli nach Hause radelte, fuhr er noch zu Willi.

Der war zwar sehr überrascht von der Einladung, aber er schien sich zu freuen und sagte zu.

Am Nachmittag, kurz nach drei, saßen unsere Freunde und Willi in Ulis Zimmer zusammen. Es war etwas eng, aber nachdem Banni und Pepp sich auf den Boden gesetzt hatten, fand jeder einen Sitzplatz. Uli hatte sich überlegt, wie man die schwierige Situation am besten anpacken konnte. Er wollte Willi einfach ganz offen auf die Sache ansprechen. Dann wußte dieser auch gleich, woran er war.

»Du, Willi«, begann er deshalb, »ich möchte dir erklären, warum wir dich heute eingeladen haben.«

Willi schaute ihn aufmerksam an.

»Unser Klassenlehrer hat sich mit mir unterhalten und gesagt, daß wir dir helfen sollen, dich hier einzuleben. Und wir möchten dir auch wirklich helfen.« Über Willis Gesicht huschte ein mißtrauischer Schatten. Was ging hier vor?

»Du kannst dir bestimmt denken, daß er mir alles erzählt hat. Ich sage dir es so offen, damit wir nicht Versteck voreinander spielen müssen. – Willst du darüber reden?«

Mit starrem Gesichtsausdruck schaute der Junge zu Boden. Ging es nun schon wieder los?

»Wir möchten dir helfen, Willi. Ehrlich!«

»Na gut, Uli.« Willi hob den Kopf und schaute die Freunde an. Seine Augen füllten sich mit Tränen.

»Mein Vater ist vor vier Wochen unter einer hohen Eisenbahnbrücke gefunden worden. Tot...« Er schluckte und wischte sich über das Gesicht. »... und die Leute haben gesagt, er hätte sich von der Brücke heruntergestürzt. Aber ich glaube nicht, daß Vati sich das Leben genommen hat. Ich kann das einfach nicht glauben.«

Willi schüttelte mit zusammengebissenen Lippen den Kopf. »Und dann haben sie auch noch behauptet, meine Mutti und ich hätten Vati das Leben schwergemacht, und deshalb hätte er sich umgebracht.« Er konnte nicht weitersprechen und wischte sich erneut über die Augen.

»Aber das stimmt nicht. Wir haben uns alle gern gehabt...«

Die Freunde schwiegen. Erst nach ein paar Minuten ergriff Thomas das Wort. Diesmal mußte er reden, auch wenn er sonst meistens schwieg. Er wußte vielleicht am besten, wie es war, ganz allein zu sein. Hätte er damals schon Uli und die anderen zu Freunden gehabt, seinem Onkel wäre es nie gelungen, ihn zu all den Gemeinheiten zu zwingen (siehe: Uli kann's nicht lassen!).

»Willi«, seine Stimme klang fest und freundlich, »wir

wollen deine Freunde sein. Wir glauben das nicht, was die Leute euch da anhängen wollen.«

»Ja, Willi«, bekräftigte Muck, »wir halten zu dir. Du sollst wissen, daß du dich auf uns verlassen kannst.«

Willi antwortete nichts, aber seine Blicke ließen erkennen, daß er sehr dankbar war.

Um die Lage aufzulockern, fragte Meggi plötzlich: »Was gibt's eigentlich noch von den Ferien zu erzählen? Heute früh hatten wir ja kaum Zeit dazu.« Und es gab so manches auszutauschen. Nur Willi und Uli blieben recht still. Bei Willi verstanden es alle, er hatte schwere Wochen hinter sich. Aber was war mit Uli los?

»Jetzt haben wir fast alle etwas erzählt«, bemerkte Radieschen nach einer Weile, »aber du hast noch gar nichts gesagt, Uli. Du warst doch bei deinem Onkel im Norden. Hast du denn da gar nichts erlebt?«

»Was soll ich sagen? Schön war's ...«, bemerkte Uli leise. Er wollte nichts von seiner Jagd nach dem Brandstifter erzählen. Und auch hatte er keine Lust, von Marion zu sprechen. Doch seine Freunde hatten schon gemerkt, daß er etwas zu verbergen suchte.

»Komm, Uli. Jetzt red schon!« Radieschen gab keine Ruhe.

Da hellte sich Pepps Gesicht auf.

»Warst du wieder auf Verbrecherjagd?«

Uli wurde rot. Jetzt hatten sie ihn!

»Komm, erzähl doch!« Pepp lächelte. Was hatte Uli wieder für Abenteuer erlebt?

Nun blieb dem »Kommissar« nichts anderes übrig, als doch von seinen Ferienabenteuern zu berichten. Die Freunde waren sprachlos. Ganz besonders Willi.

»Du bist ja ein richtiger Detektiv«, sagte er, nachdem Uli geendet hatte.

»Ja, unser Uli ist ein echter Kommissar!« erwiderte Muck stolz. »Mit dem kannst du noch so manches Abenteuer erleben, Willi!«

Willi lächelte. Er spürte, daß es die Freunde ernst meinten. Sie wollten ihm wirklich helfen.

Meggi war auf einmal ganz nachdenklich geworden. »Willi, entschuldige, wenn ich nochmal damit anfange, aber ...«, ihr Blick wanderte zwischen Willi und Uli hin und her, »... aber, du hast gesagt, du kannst es nicht glauben, daß dein Vater sich – ich meine – selbst umgebracht hat. Was hat denn die Polizei herausgefunden? Ich meine, wieso hat man das behauptet?«

»Das haben die sich recht einfach gemacht.« Willi grinste verächtlich. »Vati hat einmal zu einem in seinem Betrieb gesagt, daß er sich noch umbringen würde, wenn das so weitergeht ...«

»Was so weitergeht?«

»Also, weißt du, Meggi – mein Vater war Ausbilder in einer großen Firma und hatte manchmal Ärger mit den Lehrlingen. Und ...«

Man merkte es Willi an, daß es ihm nicht leichtfiel, über diese Dinge zu sprechen. Immer wieder stockte er, oder schob ein unpassendes »also« ein. »... Also, ich meine, dann der zweite Grund: Vati lag eben tot unter der Brücke. Runtergestoßen hat ihn keiner, da ist sich die Polizei ziemlich sicher, wie soll es dann passiert sein? Also sagen sie einfach: Er ist runtergesprungen – fertig! Ich hab' mich schon so oft gefragt, wie das alles passieren konnte ...« Willi zuckte die Schultern.

»Willi«, begann Meggi von neuem, »ich verstehe das nicht. Wie ...«

»Bei uns in der Nähe ist eine hohe Eisenbahnbrücke. Ich meine da, wo wir früher gewohnt haben. – Vati ist am Abend nicht nach Hause gekommen, und als er auch später nicht kam, es war längst nach elf Uhr, hat Mutti die Polizei angerufen.

Am nächsten Morgen fand ihn ein Förster. Vati lag ...«, Willi schluckte, »... lag unter der Brücke in einem Wald – total zerschmettert. – Aber ich bin mir sicher, daß er sich nicht selbst umgebracht hat. Das hätte er nie getan!«

»Wie kann es aber dann passiert sein?« bohrte Meggi weiter.

»Wenn ich das wüßte... – Aber so was hätte Vati nie gemacht, wirklich. Ihr müßt mir glauben!«

»Und wenn ihn doch einer umgebracht hat?« warf Pepp ein.

Willi schüttelte den Kopf. »Das kann ich mir auch nicht vorstellen. Vati war mit allen gut Freund...«

»Uli!« Meggis Stimme klang sehr bestimmt. »Das ist eine Aufgabe für dich!«

»Waaas?« Uli traute seinen Ohren nicht.

»Na klar!« schaltete sich jetzt auch Pepp ein. »Wenn es jemand rauskriegt, dann du!« Uli schüttelte den Kopf.

»Kommt gar nicht in Frage! Die Polizei hat bestimmt alles genau untersucht, was soll ich da noch machen?«

»Du denkst also auch, daß sich mein Vater das Leben genommen hat?« Willi schaute Uli fest in die Augen. Was sollte Uli antworten?

»Ich sag dir ganz ehrlich, Willi, ich weiß es nicht. Ich will dir nicht weh tun, aber warum soll ich dich anlügen?« Uli zuckte mit den Schultern. »Ich weiß es einfach nicht.«

»Uli«, Meggi war aufgestanden und trat direkt zu ihm, »du mußt es wenigstens versuchen. Hier geht es nicht nur um einen Autodiebstahl oder Brandstiftung oder so was – hier geht es darum, daß Willi und seine Mutter beschuldigt werden...« Sie brauchte nicht weiterzusprechen. Uli hatte sie schon verstanden und winkte ab.

»Dennoch, Meggi«, er schüttelte den Kopf, »hier geht es nicht um...« Uli suchte nach den richtigen Worten, »...um irgendwelche Dinge, hier geht es um einen Menschen.«

»Gerade deshalb!« Meggi blieb unerbittlich. »Gerade deshalb mußt du dich darum kümmern!«

Müde ließ Uli die Arme hängen.

»Nein. Ich kann nicht ...«

»Bitte, Uli, versuch es doch wenigstens.«

Uli spürte, daß die Entscheidung eigentlich schon gefallen war.

Bittend schaute Willi ihn an. »Uli, Vati war nicht so. Er hätte sich nicht umgebracht. Bestimmt war es irgendwie anders – bitte ...«

Uli holte Luft. Er wußte, auf was er sich da einließ. Außer Selbstmord gab es doch nur noch eine Möglichkeit – oder? Jemand mußte Willis Vater von der Brücke hinuntergestoßen haben!

»Also, wenn ihr meint«, sagte Uli langsam, »ich kann's ja versuchen ...«

2. Es geht los!

Am nächsten Nachmittag machte sich Uli auf den Weg zu Willi und dessen Mutter.

Ihm war immer noch nicht wohl bei der Sache. Aber er sagte sich, wenn Willis Mutter mitmachen würde, dann konnte er es ja versuchen. Und sollte er wirklich etwas finden, würde er diesmal sofort zur Polizei gehen. Das hatte er sich fest vorgenommen ... Am meisten befürchtete Uli, irgend etwas zu entdecken, das den Selbstmord von Willis Vater bestätigen würde. Doch diesen Gedanken schob er schnell beiseite.

Schon stand er vor dem großen Wohnblock und klingelte. Der Türöffner wurde betätigt, und Uli eilte im Treppenhaus nach oben. Willi und seine Mutter wohnten im dritten Stock.

»Guten Tag. Du bist also der Uli«, begrüßte ihn Willis Mutter freundlich.

»Guten Tag, Frau Keller«, antwortete Uli.

Da trat auch Willi von hinten neben seine Mutter. »Komm nur rein, Uli!«

Wenig später saßen sie im Wohnzimmer. Alles war noch etwas kahl, die Möbel waren einfach, aber es war sauber und aufgeräumt. Willis Mutter hatte sich den Jungen gegenüber in einen Sessel gesetzt. Sie war eine kleine zierliche Frau. Willi sah ihr sehr ähnlich. Uli bemerkte dunkle Augenränder und sah, daß ihre Haare leicht ergraut waren. Bestimmt sind daran die vergangenen Ereignisse schuld, denn sie ist höchstens 35 Jahre alt, dachte er kurz.

»Zuerst möchte ich mich bei dir bedanken, Uli, daß du und deine Freunde Willi helfen, sich hier einzuleben.«

»Ist doch selbstverständlich, Frau Keller.«

»Na ja«, meinte sie leise. »Wir haben auch schon anderes erlebt.«

Willi lächelte bitter. »Ja, Mutti. Aber Uli und die anderen sind wirklich klasse!«

»Und jetzt willst du rauskriegen, Uli, wie das mit unserem Vati passiert ist?« fuhr Frau Keller fort. »Willi hat mir erzählt«, sie lächelte, »daß du schon einige Kriminalfälle gelöst hast.«

»Ja – aber . . .« Uli lief rot an.

»Sei nur nicht so bescheiden«, mischte sich Willi ein. »Was man kann, darf man ruhig zugeben!«

»Was willst du denn wissen, Uli?« Frau Keller versuchte, dem Gespräch eine klare Richtung zu geben. Zuerst hatte sie nicht mitmachen wollen, als Willi ihr von Uli erzählte. Alles noch einmal durchleben müssen? Nein. Und dann, was sollte so ein Junge schon herausbekommen, zumal nach so langer Zeit? Aber dann hatte sie dem Drängen ihres Sohnes doch nachgegeben.

»Bitte erzählen Sie mir, wie alles passiert ist. Vielleicht finde ich irgendwo eine Stelle, wo ich ansetzen kann«, bat Uli.

Und Frau Keller erzählte. Willi flocht manches ein, und Uli notierte sich die wichtigsten Dinge. Auch Frau Keller war es unbegreiflich, wie ihr Mann von der Bahnbrücke gestürzt sein sollte. Warum war er überhaupt dort gewesen? Auch sie glaubte nicht, daß er sich selbst umgebracht hatte. Aber auch sie hatte – wie Willi – keine Antwort darauf, wie alles geschehen konnte – es blieb ein Rätsel.

Uli war also nicht weitergekommen, als er abends allein in seinem Zimmer saß.

»Wenn ich ihnen nur helfen könnte!« stöhnte er. Aber bis jetzt sah es nicht so aus, als ob er irgend etwas Neues finden würde. Und alles war schon vier Monate her. Da waren auch keine Spuren mehr da.

Uli lief eine leichte Gänsehaut über den Rücken. Vielleicht ist es gut, daß es schon so lange her ist, überlegte er. Sonst müßte ich mir noch den Toten ansehen – und da bin ich gar nicht scharf darauf...

Ehe Uli einschlief, betete er, wie jeden Abend. Doch diesmal schloß er auch Willi und seine Mutter mit in sein Gebet ein.

»Herr Jesus, du kannst uns auch helfen, Willi beizustehen. Und wenn es etwas gibt, was ich rauskriegen kann, dann laß es mich bitte finden. Ich möchte doch Willi so gern helfen. Du weißt doch, wie alles passiert ist. Amen.«

Uli wußte, daß er so einfach mit Jesus Christus reden konnte. Seit jenem Tag wußte er es, an dem er sich entschieden hatte, mit Jesus zu leben. In der christlichen Jungschar hatte Uli davon gehört, daß Gott uns Menschen aus Liebe seinen eigenen Sohn geschenkt hat. Jesus ist freiwillig am Kreuz gestorben – als Strafe für unsere Schuld, für alles Böse und Gemeine in unserem Leben. Uli hatte Jesus um Vergebung gebeten und ihm sein Leben anvertraut. Er wußte, daß seither Jesus in ihm lebte, auch wenn er sich das nicht richtig erklären konnte. Aber er merkte, wie er von Gott geführt wurde.

Seit damals hatte er immer wieder erlebt, daß es sich lohnte, Jesus als besten Freund bei sich zu haben.

Am nächsten Tag trafen sich die Freunde wie immer in der großen Pause im Schulhof. Auch Willi war diesmal dabei.

»Na, Herr Kommissar«, sagte Muck lächelnd, »schon auf der heißen Spur?«

»Ach du!« Uli winkte ab. »Mir ist gar nicht zum Lachen zumute.«

»So habe ich das ja auch nicht gemeint!«

»Ist schon gut«, warf Willi ein. »Ihr braucht auch nicht meinetwegen immer nur traurig dreinzuschauen.«

Radieschen lachte.

»Das könnte Muck sowieso nicht lange!«

»Willi«, Uli schaute ihn nachdenklich an, »wir sollten mal in das Dorf fahren, wo ihr gewohnt habt. Dort sollten wir uns die Brücke anschauen und alles andere auch. Es ist zwar schon vier Monate her, aber ich möchte doch einmal alles gesehen haben. Dann kann ich mir eher ein Bild machen.«

»Ich rede mal mit meiner Mutter. Die fährt uns bestimmt mit dem Auto hin. Sind ja nur vierzig Kilometer.«

Ganz so schnell sagte Frau Keller aber nicht ja. Doch Willi überredete sie. Und – eigentlich plagte seine Mutter das Heimweh. Immerhin hatte sie von klein auf dort gelebt, und auf dem Friedhof war ihr Mann beerdigt. So saßen Willi, seine Mutter, Uli, Muck und Banni eines Tages im Auto und fuhren zu Willis Heimatort. Die Freunde hatten ausgelost, wer außer Uli noch mitfahren sollte. Muck und Banni waren die Glücklichen gewesen.

Frau Keller wurde immer stiller, je näher sie dem Dorf kamen. Sie fuhren zuerst zum Friedhof, der neben der Kirche in der Mitte des Ortes lag.

Langsam folgten Uli, Muck und Banni auf dem schmalen Friedhofsweg Willi und seiner Mutter. Die hatten sich an der Hand gefaßt und gingen langsam und schweigend zwischen den Gräbern hindurch.

»Hier ruht Herr Theodor Keller« konnte Uli auf dem kleinen Holzkreuz lesen. Ein Grabstein kam erst auf das Grab, wenn sich die Erde gesetzt hatte.

In etwa zehn Meter Entfernung standen zwei ältere Frauen, die neugierig zu Willi und seiner Mutter herüberschauten.

Doch als Frau Keller den Kopf zu ihnen drehte, wandten sie sich schnell ab: Mit der wollen wir nichts zu tun haben. Den eigenen Mann hat sie in den Tod getrieben. So eine ist das! – sollte das heißen. Uli schluckte.

Es war ein kleiner Ort. Jeder kannte jeden. Und wenn erst einmal ein böses Gerücht in die Welt gesetzt war, dann reichte das, um einem anderen das Leben unerträglich zu machen.

»Ja, Uli, so ist das eben«, sagte Frau Keller leise, die Uli beobachtet hatte. – »Was möchtest du nun alles sehen?«

Uli mußte erst einen Augenblick überlegen.

»Ach, wo haben Sie denn gewohnt, und wo hat Ihr Mann gearbeitet, und vor allem möchte ich natürlich zu der Brücke«, sprudelte es dann aus ihm heraus.

»Ja«, Frau Keller stöhnte etwas, »ist gut . . .«

Als Uli abends im Bett lag, dachte er über alles nach. Er hatte das kleine Haus gesehen, in dem Willi mit seinen Eltern gewohnt hatte. Es war jetzt verkauft, und andere Leute wohnten darin. Sie waren an der Fabrik vorbeigefahren, in der Herr Keller als Ausbilder gearbeitet hatte, und dann zur Brücke gekommen. Auf einem kleinen Parkplatz am Waldrand hatten sie angehalten.

»Hier hat man damals Vatis Auto gefunden«, hatte Willi leise gesagt.

Dann war ihr Blick zur Brücke gewandert.

»Wer sich da runterstürzt, der hat Mut«, hatte Muck geflüstert.

Es war eine große Eisenbahnbrücke, die sich über ein tiefes Tal spannte. Sie war 1934 gebaut worden, wie Uli aus einer Tafel an einem Stützpfeiler entnehmen konnte. Sie war zwar nur 50 Meter lang, aber an der höchsten Stelle betrug die Höhe des Pfeilers 53 Meter.

Die Brücke war gerade so breit, daß zwei Bahngleise Platz hatten. Ein niedriges, eisernes Geländer war an den Seiten angebracht.

Vom Parkplatz aus hatte Uli das Gelände recht gut

überblicken können. Unten waren die steilen Hänge des Tales dicht mit Tannen bewachsen, und alles in allem war so ein recht friedliches Bild.

Uli drehte sich im Bett auf die andere Seite. Er versuchte sich vorzustellen, wie ein Selbstmörder auf die Brücke ging, dann übers Geländer kletterte, dort einen kurzen Augenblick verharrte und zum Sprung ansetzte... oder ließ er sich einfach fallen?

Plötzlich erinnerte sich Uli an den zerschmetterten Körper eines Mannes, den er einmal in einem Film gesehen hatte.

Wieder drehte er sich auf die andere Seite. Hoffentlich träume ich nicht noch davon, dachte er kurz. Wenig später schlief er ein.

Auch am nächsten Tag trafen sie sich wieder im Schulhof. Uli, Muck, Willi und Banni mußten berichten, wie alles verlaufen war.

»Und was hast du nun rausgekriegt?« fragte Pepp endlich.

»Wie stellst du dir das denn vor?« gab Uli zurück. »Denkst du vielleicht, ich komm zur Brücke, und da hängt ein Zettel, auf dem steht, wie es gewesen ist?«

»Nein, aber...?

»Ich brauche mehr Informationen. Gestern, das war nur ein kleiner Anfang.« Uli überlegte. »Mit den Arbeitskollegen deines Vaters sollte ich mal sprechen können, Willi – und – ich möchte mal die Stelle sehen, wo – wo sie deinen Vater gefunden haben. Meinst du, daß das geht?«

Willi kratzte sich am Kopf.

»Müßte schon zu machen sein. Nur – meine Mutter wird uns bestimmt nicht gleich wieder hinfahren. Der Besuch gestern hat sie ganz schön mitgenommen.«

»Wir könnten ja auch mit den Fahrrädern hinfahren«, warf Pepp ein.

»40 Kilometer? Nur mal so, um ein paar Fragen zu stellen?« Banni verdrehte die Augen.

»Man sollte dort über Nacht bleiben können, damit man mehr Zeit hat...«, meinte Uli nachdenklich.

Und unsere Freunde fanden tatsächlich einen Weg. Muck und Pepp bekamen von ihrem Vater das große Hauszelt, mit dem sie vor Jahren in Urlaub gefahren waren. Seitdem lag es gut verschnürt auf dem Dachboden.

Die anderen Eltern zu überreden, war etwas schwieriger. Es war Mitte September. Zwar schien die Sonne noch fast jeden Tag, und es war angenehm warm – aber nachts wurde es schon recht kalt.

Und daß die Jungs und die Mädchen zusammen wegfahren würden, kam sowieso nicht in Frage, wenn in einem Zelt übernachtet wurde.

So mußten sich Radieschen und Meggi wieder einmal damit abfinden, daß nur die Jungs auf »Spurensuche« gehen konnten.

Banni hatte ihre Aktion mit diesem Ausdruck bezeichnet. Doch auch Thomas konnte nicht dabeisein. Seine Mutter wollte ausgerechnet an diesem Wochenende mit ihm zu Verwandten fahren. Und obwohl er alles versuchte, um sie zu überreden – sie gab nicht nach.

3. Große Hoffnungen

Mit vollbepackten Fahrrädern ging es los. Das Zelt, Schlafsäcke, Decken, Verpflegung, Kleidung und alles Nötige hatten sie dabei.

Uli fieberte richtig, sich in die Nachforschungen stürzen zu können.

Jetzt war es Freitagnachmittag, und erst am Sonntagabend mußten sie wieder zu Hause sein. Auch das Wetter schien mitzumachen: strahlend blauer Himmel, 23 Grad – in der Sonne natürlich – und nur ein schwacher Wind.

Nach knapp drei Stunden hatten sie ihr Ziel erreicht. Auf einer kleinen Lichtung neben der Brücke wollten sie ihr Zelt aufschlagen. Hier waren sie von dichtem Tannenwald umgeben. Ganz in der Nähe floß ein kleiner Bach, und Willi hatte mit einem früheren Schulkameraden, namens Günther, telefoniert, dessen Vater der Wald gehörte. Er hatte ihnen erlaubt, hier zu zelten. Dieser Günther hatte auch bis zuletzt zu Willi gehalten.

Etwas unbeholfen bauten sie das Zelt auf und verstauten ihr Gepäck. Dann setzten sie sich vor dem Zelt im Kreis zusammen und beratschlagten, wie sie nun vorgehen wollten.

»Wir müssen alles gut planen, damit wir die Tage auch ausnützen«, begann Uli. »Am besten teilen wir die Aufgaben unter uns auf. Wir sind fünf Leute. – Einer muß hierbleiben und das Zelt bewachen.« Auf allen Gesichtern sah man den Wunsch: Hoffentlich nicht ich!

»Zwei erkunden die Brücke und den Wald«, fuhr Uli schon fort. »Willi und ich werden uns mit den Arbeitskollegen von Willis Vater unterhalten.«

»Und – wer bleibt freiwillig hier?« fragte Pepp. Natürlich meldete sich niemand.

»Am besten losen wir aus.« Uli nahm seinen Notizblock zur Hand und riß zwei kleine Blätter heraus. Ehe er sie beschriften konnte, hörten sie eine laute Fahrradklingel.

Schon wurde ein Fahrrad mit einem molligen blonden Jungen sichtbar, der mit einer Hand winkte. »Hallo!«

»Hallo, Günther!« Willi sprang auf.

»Das ist mein Freund Günther. Seinem Vater gehört der Wald hier«, erklärte er.

»Kann ich euch was helfen?« fragte Günther, nachdem er sich zu den Freunden gesetzt hatte.

»Dann wären wir noch einer mehr«, überlegte Uli. »Wir wollen gerade auslosen, wer auf das Zelt aufpaßt«, sagte Banni zu Günther.

»Ach, daran habe ich gar nicht gedacht«, erwiderte er. »Wir haben zwei Hunde zu Hause. Da könnte einer das Zelt bewachen. Ich müßte nur meinen Vater fragen, aber der hat bestimmt nichts dagegen.«

»Günthers Vater hat einen großen Aussiedlerhof, deshalb zwei Hunde«, erklärte Willi schnell.

»Gut«, Uli legte sein Notizpapier zur Seite, »kannst du das dann gleich machen, Günther? Dann könnten wir bald starten.«

»Ja, was habt ihr denn alles vor?«

Uli wiederholte kurz die Aufgaben.

Kaum hatte er alles erklärt, fragte Günther: »Wollt ihr euch die Stelle ansehen, wo man Willis Vater gefunden hat?«

»Weißt du denn, wo das genau war?« Willi war aufgesprungen.

»Ja – mein Vater wollte wissen, was ihr hier macht. Und da habe ich ihm die Wahrheit gesagt.«

»Das ist immer das beste«, warf Uli ein.

»Mein Vater hat sich überlegt, wie er euch helfen

könnte. Er glaubt nämlich auch nicht, daß sich dein Vater das Leben genommen hat, Willi.« Ernst schauten die beiden Freunde sich an.

»Und da ist ihm eingefallen, daß er einen der Männer kennt, die Willis Vater damals geholt haben. Den hat er dann, so am Stammtisch, einfach gefragt. Und der hat's ihm genau erklärt. Die Stelle ist gut zu finden.«

»Klasse!« murmelte Uli. »Dann brauchen wir den Förster schon nicht mehr zu fragen. Also – wir machen es nun so:

Pepp und Muck, ihr durchstreift einfach mal den Wald, und nehmt die Brücke unter die Lupe. Ihr werdet zwar nichts mehr finden, aber vielleicht kommt euch doch irgendein Gedanke, der uns weiterhilft. Nur – paßt auf, daß ihr nicht runterfallt!«

»Keine Sorge, Uli. Wir passen schon auf«, sagte Pepp lässig.

»Und denkt daran«, warf Günther ein, »es ist eine Eisenbahnbrücke. Da fahren Züge. Und – die Brücke ist schmal. Wenn da ein Zug kommt, dann könnt ihr nur laufen oder springen, wie ihr wollt...« Er grinste.

»Das machen wir anders«, erklärte Pepp mit ernster Miene. »Ich lege einfach den Dicken da«, er deutete auf seinen Bruder Muck, »auf die Schienen und bringe damit den Zug zum Stehen. Der hat eine Elefantenhaut und solch ein Gewicht...«

»Jetzt reicht's!« antwortete Muck mit gespielter Entrüstung.

Uli ließ sich nicht ablenken.

»Banni bleibt hier beim Zelt und paßt auf...«

»Oh... oh«, Bannis Gesicht verzog sich bei dieser geistreichen Bemerkung zur wohlbekannten Banane.

»...bis Günther mit dem Hund zurück ist«, fuhr Uli unbeirrt fort. »Dann macht ihr euch auf den Weg zu der Stelle, wo man Willis Vater gefunden hat. Auch ihr achtet darauf, ob euch irgendein Gedanke kommt, mit dem wir etwas anfangen können. – Und Willi und ich, wir besuchen die Arbeitskollegen. Also bis dann!«

Es war schon dunkel, als Willi und Uli zum Zelt zurückkehrten. Im Schein der Fahrradlampe fuhren sie den finsteren Waldweg entlang.

»Schade, daß die Mädchen nicht mitdurften«, meinte Willi, »die hätten jetzt bestimmt furchtbare Angst, hier nachts im Wald – die könnten wir ganz schön ärgern!«

»Hm . . .«, anwortete Uli gedankenverloren.

Die drei Gespräche, die sie geführt hatten, waren sehr mager gewesen. Uli war nicht weitergekommen. Hoffentlich hatten die anderen etwas – Uli wußte allerdings nicht, was er erwarten sollte. Zu entdecken gab es ja sicher nichts mehr, nach der langen Zeit. Aber . . . Plötzlich wurde die Stille des Waldes durch lautes Bellen zerrissen. Uli und Willi zuckten zusammen. »Mensch, habe ich mich erschrocken!« entfuhr es Willi.

»Ein guter Hund, muß ich schon sagen.« Uli lachte.

Wenig später saßen sie im Zelt zusammen. Es war etwas eng, aber das machte alles erst richtig gemütlich. »Na, wie war's?« fragte Pepp.

»Mager, äußerst mager – der eine Arbeitskollege ist sogar ziemlich ärgerlich geworden«, berichtete Uli. »Ein Wunder, daß er überhaupt mit uns gesprochen hat.«

»Was habt ihr denn so gefragt?« wollte Muck wissen.

»Ach, sie sollten einfach von Willis Vater erzählen. Besonders, ob ihnen etwas aufgefallen ist in den Tagen vor seinem Tod.«

»Und?« Bannis Gesicht war ein Fragezeichen. »Was ist ihnen aufgefallen?«

»Nichts!« stöhnte Uli. »Ich sagte doch schon: magere Beute.«

»Nichts ist aber noch weniger als mager«, fügte Pepp sinnig hinzu.

»Und wie war's bei euch?« wollte Uli nun wissen.
»Wir haben uns die Stelle angesehen, wo man ihn gefunden hat«, erzählte Günther. »Man sieht noch an ein, zwei Bäumen, daß Äste abgebrochen sind. Sonst war natürlich nichts zu finden.«

»Pepp und Muck, habt ihr was?«

»Wir haben uns die Brücke angesehen«, antwortete Pepp. »Sind auch mal auf den Gleisen gewesen, aber nur wenige Meter weit, das ist nämlich verboten, hängt ein verrostetes Schild oben.«

Er zuckte die Achseln. »Was sollen wir schon bemerkt haben. Das Geländer ist stabil, nirgends fehlt ein Stück, wo er hätte aus Versehen runterfallen können...«

»Das hätte die Polizei ja auch bemerkt«, warf Uli ein.

Pepp nickte. »Dann sind wir noch ein bißchen durch den Wald gestiefelt...«

»Also auch nichts!« Uli faßte mit dieser Bemerkung die Berichte zusammen. »Schade...«

»Nur eines war lustig«, begann Muck auf einmal. »Als wir zurückkamen...« Er begann zu lachen.

»Ja, da hast du recht!« Auch Pepp lachte nun aus vollem Halse.

»Was war denn los?« wollte Willi wissen.

»Wir kamen zurück«, Muck war rot angelaufen, »und da will uns doch der Hund nicht zu unserm Zelt lassen.«

»Wir mußten warten«, ergänzte Pepp, »bis Günther kam und das Raubtier gebändigt hat. Der hätte uns glatt zerrissen und sich an Muck den Magen verdorben.« Als Antwort bekam er von seinem Bruder einen kräftigen Puffer in die Seite.

»Ja, wir müssen darauf achten, daß keiner von euch dem Karo, so heißt nämlich unser Hund, zu nahe kommt«, sagte Günther nun. »Er kennt euch nicht und bewacht das Zelt vor jedem Fremden. Und für ihn seid ihr eben Fremde.«

»Ist doch gut, daß wir so sicher beschützt sind.« Uli lächelte.

»Noch was«, begann Günther von neuem. »Ich darf auch mit übernachten, hat mein Vater gesagt.«

»Klasse«, Willi freute sich aufrichtig. »Da rutschen wir eben ein wenig zusammen.«

Es war schon eine aufregende Nacht, mitten im Wald. Irgendwo raschelte es ständig. Dazwischen hörte man eine Grille unablässig zirpen, und gegen Morgen begannen unzählige Waldvögel ein Zwitscherkonzert.

Aber dennoch – sie hatten recht gut geschlafen, als sie gegen acht aus den Schlafsäcken krochen.

Nach dem Frühstück teilten sie die Aufgaben neu ein.

Banni und Pepp sollten nun zu der Stelle, wo man Herrn Keller gefunden hatte. Banni war sicher, den Platz wiederzufinden. Er war ja erst am Abend zuvor dort gewesen.

Muck und Günther würden sich heute die Brücke vornehmen, und Uli und Willi sollten weitere Besuche machen.

Pünktlich um zwölf waren alle wieder am Zelt versammelt.

»Und?« Das war die Frage, die allen in den Augen stand. Wieder lautete die Antwort: Nichts!

Nachdem sie ein paar kalte Würstchen verzehrt hatten, teilte Uli sie neu ein.

So hatte fast jeder die Gelegenheit, sich mit der Gegend vertraut zu machen.

Uli und Willi wollten noch die letzten zwei Leute besuchen.

Am späten Nachmittag erst kamen Uli und Willi zum Zelt zurück. Die anderen waren schon da. Man sah es ihnen sofort an: Sie hatten nichts, was sie berichten konnten. Aber Ulis Gesicht strahlte. »Na???« Pepps Augen leuchteten erwartungsvoll auf. »Du siehst so aus, Uli, als wenn ...«

»Ja, es ist zwar nur wenig. Aber vielleicht bringt es uns weiter.«

»Was habt ihr rausgekriegt?« fragte Günther, der zwei Meter neben den anderen bei seinem Hund saß. Näher durfte sich keiner an Karo heranwagen.

»Wir waren bei einem Arbeitskollegen, der sich mit Willis Vater kurz nach Betriebsschluß unterhalten hat.« Ulis Gesicht fieberte vor Erregung. »Dem hat Herr Keller gesagt, daß er noch zur Werkstatt wollte. Der Wagen sprang so schlecht an. Dann waren wir auch bei der Werkstatt, wo er sonst immer war. Willi kannte sie ja. Aber dort war sein Vater damals nicht gewesen.«

»Und dann?« Muck spielte aufgeregt mit den Fingern. »Wir haben dann ein paar Werkstätten in der Nähe abgeklappert, und bei einer, etwa vier Kilometer weg, in einem anderen Dorf, da war er an dem Abend. Der Kfz-Mechaniker hat das Bild von Willis Vater wiedererkannt. Und dann ist Willis Vater nicht zurück zum Dorf gefahren, sondern gerade entgegengesetzt ...«

»Zur Brücke!« warf Pepp ein.

»Nein!« Uli kam jetzt noch mehr in Fahrt. »Das ist es ja gerade. Zur Brücke hätte er von der Werkstatt aus wieder zurück gemußt, um dann später kurz vor dem Dorf rechts abzubiegen.«

»Und was wißt ihr noch?« Banni konnte mit diesen Gedankengängen nichts anfangen.

»Nun bleibt erst einmal die Frage, wo er hingefahren ist, und wie er später zur Brücke kam.« Uli antwortete langsam und bedächtig. »Aber wir wissen jetzt zumindest, daß an diesem Abend irgend etwas los war, auch wenn wir noch nicht wissen, was. Willis Vater fuhr zu einer anderen Werkstatt als sonst, und – er fuhr nicht direkt zur Brücke. Außerdem dürfen wir jetzt wohl sicher sein ...«

Er machte eine kurze Pause und spannte die Freunde auf die Folter.

»... oder denkt ihr vielleicht, ein Mann, der sich umbringen will, kümmert sich kurz davor noch um eine Reparatur an seinem Wagen?«

»Nöö!« Muck schüttelte den Kopf. »Nur – wie ist dann alles geschehen?«

»Das müssen wir erst noch herausfinden, aber fürs erste sind wir ein schönes Stück weiter!« Uli rieb sich aufgeregt die Hände.

Günther war ganz still neben seinem Hund Karo gesessen und hatte zugehört. Doch dann begann er zu sprechen. Sein Gesichtsausdruck überraschte die Freunde.

»Es tut mir leid, wenn ich eure Freude trüben muß, aber ... aber das ist alles nicht neu!«

Fragend schauten ihn die Jungs an.

»Mein Vater hat das mit der Werkstatt schon kurz nach der Beerdigung zu Hause erzählt. Er hatte es am Stammtisch erfahren. – Hast du nie was davon gehört, Willi?«

Willi schüttelte schweigend den Kopf.

»Und wußten die damals noch mehr?« Uli stand die Enttäuschung im Gesicht zu lesen.

»Ja«, Günther sprach langsam weiter, »Willis Vater hatte mit dem Besitzer der Werkstatt hier im Ort Krach gehabt. Der hatte wohl eine Reparatur nicht sorgfältig genug ausgeführt. Bestimmt ist Herr Keller deshalb zu einer anderen Werkstatt gefahren. – Und ...« Günther biß sich auf die Lippen.

»Ich will nicht sagen, daß ich glaube, daß er sich umgebracht hat – aber vielleicht wollte er, daß seine Frau ein Auto hat, das völlig intakt ist, wenn er nicht mehr lebt ... – Das haben damals die Leute gemeint.«

Uli konnte es nicht fassen. War alles umsonst gewesen?

»Und warum ist er in die falsche Richtung gefahren? Kannst du uns das auch noch sagen, Günther?«

»Damals hat man gemeint, daß Willis Vater vielleicht – ich meine, er wollte sich alles erst noch mal durch den Kopf gehen lassen ...«

Uli schluckte. Sie waren also nicht weitergekommen. Er schüttelte unmerklich den Kopf.

»Na ja ...«, sagte er leise und ließ die Arme hängen.

4. Meggi gibt nicht auf

»Uuaahh!« Muck gähnte laut und streckte sich. Dabei mußte er in dem engen Hauszelt zwangsläufig einen der anderen Jungs anstoßen.

»Nimm bitte die Hand aus meinem Gesicht...!« meinte Pepp verschlafen.

Uli setzte sich langsam auf, er war auch wach geworden, und fuhr sich durch die zerzausten Haare. »Morgen!« sagte er laut und kletterte aus dem Schlafsack.

Wenig später saßen alle vor dem Zelt.

»Ich gehe heute morgen zum Gottesdienst«, verkündete Uli. »Will jemand mit?«

Die anderen schauten unsicher und etwas verlegen zu Boden. Aber einer nach dem anderen waren sie dann doch bereit mitzukommen.

Uli war froh, daß er den Mut gehabt hatte, auch an diesem Sonntag den Gottesdienst nicht einfach ausfallen zu lassen. Er wußte, wie wichtig es ist, mit anderen, die auch an Jesus glauben, zusammenzusein und noch mehr von Jesus zu hören.

In der kleinen Kirche des Dorfes fiel die Gruppe von sechs Jungs natürlich sofort auf. Neugierige Blicke wurden ihnen zugeworfen. Günther und Willi kannten die meisten ja, aber wer waren die anderen vier?

Doch unsere Freunde setzten sich einfach auf eine der Bänke und lächelten die Leute an. Nach Liedern und Gebet traten drei Jugendliche vor den Altar. Der mittlere der drei Jungen begann: »Ich lese einen Vers aus dem Römerbrief, Kapitel 8, Vers 28: ›Wir wissen aber, daß denen, die Gott lieben, alle Dinge zum besten dienen‹«, hallte es laut und deutlich durch die Kirche.

Dann sagte jeder der drei einige Gedanken zu diesen

Worten. Es folgte eine kurze Predigt, die so interessant war, daß wohl alle Besucher des Gottesdienstes aufmerksam zuhörten.

Auch jeder unserer Freunde wußte danach, um welchen Hauptgedanken es gegangen war: Wer mit Jesus Christus lebt, darf wissen, daß alles in seinem Leben gut für ihn ist. Egal, was ihm passieren mag. Er weiß das, weil er weiß, daß Jesus ihn liebt. Deshalb darf nur geschehen, was gut für ihn ist. Gott hat dies versprochen.

Nach dem Gottesdienst fuhren die Jungs zum Bauernhof von Günthers Eltern. Dort waren sie zum Mittagessen eingeladen. Der Hunger machte ihnen Beine. Wie der Blitz sausten sie auf ihren Fahrrädern durch die Straßen. Das war schon etwas anderes als kalte Würstchen ... Dennoch kam keine richtige Freude auf. Bald mußten sie wieder nach Hause fahren, und erreicht hatten sie nichts. Uli verlor langsam den Mut.

Ob wir überhaupt noch etwas herausfinden? überlegte er mißmutig.

Vielleicht gibt es ja gar nichts, was wir entdecken können ... Schnell schob er den Gedanken beiseite.

Kurz nach dem Mittagessen verabschiedeten sich die Jungen, um zu ihrem Zelt zurückzufahren, wo Günthers Hund in der Zwischenzeit Wache gehalten hatte.

»Also, noch viel Erfolg!« wünschte ihnen Günthers Vater zum Abschied. »Und wenn ein oder zwei von euch noch mal herkommen wollen, um nachzuforschen, wir haben in einer kleinen Dachkammer immer Platz für euch – und etwas zum Essen natürlich auch«, fügte er lachend hinzu.

»Vielen Dank!« antwortete Uli. »Vielleicht werden wir mal auftauchen. – Auf Wiedersehn!«

Doch so richtig glaubte er nicht daran, daß sie wiederkommen würden. Diesmal hatten sie nichts gefunden, warum also noch einmal suchen? Und vor allem: Wo sollten sie noch suchen?

Sie saßen vor dem Zelt und beratschlagten, wie es weitergehen sollte.

»Und was machen wir jetzt?« Pepp schaute erwartungsvoll in die Runde.

»Was meint ihr?« antwortete Uli. »Ich weiß nicht mehr weiter. Wir haben alles durchsucht und mit einigen Leuten gesprochen. Aber nichts hat uns nur einen Millimeter weitergebracht.«

»Willst du nicht wenigstens mal selbst die Stelle sehen, wo sie Vati gefunden haben, Uli?« meinte Willi entmutigt.

»O ja«, Uli holte tief Luft, »kann ich machen. Und die Brücke kann ich mir ja auch mal näher ansehen.« So gingen sie los. Man spürte bei allen, daß sie nur lustlos weitermachten.

Bald hatten sie den Platz im Wald erreicht, wo Herr Keller gelegen hatte.

Daß es die richtige Stelle war, konnte man nur erkennen, wenn man es genau wußte. Dichte Tannen, niedriges Unterholz, einige Brombeersträucher – sonst war nichts zu entdecken. Außer, daß an zwei Bäumen einige Äste abgebrochen waren. Nachdenklich blickte Uli nach oben. Zwischen den dichten Tannen konnte er schwach die Brücke erkennen. Sie sah von hier unten ganz klein aus. Er schüttelte den Kopf: Wie konnte man da nur runterspringen...?

Dann stiegen sie durch den Wald zur Brücke hinauf.

Uli sah das kleine verrostete Schild, von dem ihm schon die anderen erzählt hatten: Betreten der Geleise verboten!

Warum war Willis Vater auf die Brücke gegangen? Es gab eigentlich nur eine Erklärung: Er hatte sich umbringen wollen. Warum sollte er sonst hier oben gewesen sein? Und dazu noch in der Nacht.

Und vor allem – wie war er hinuntergestürzt? Konnte es sein, daß ihn jemand...?

Diesen Gedanken hatte Uli bisher immer wieder schnellstens beiseite geschoben. Dann wäre es ja Mord gewesen...!

»Willi?«

»Ja, Uli?«

»Hatte dein Vater Feinde?«

»Nicht daß ich wüßte...«

Die Fragen bewegten sich im Kreis. Sie traten auf der Stelle. Allen Überlegungen konnte Willi nur entgegenhalten: »Ich glaube nicht, daß Vati sich umgebracht hat. So was hätte er nie getan!«

Irgendwie brachten sie auch den Rest des Nachmittags herum. Dann packten sie ihr Zelt und die Sachen zusammen, verabschiedeten sich von Günther und radelten enttäuscht und mißmutig nach Hause. Immer wieder schüttelte Uli den Kopf. »Nichts haben wir rausgekriegt – rein gar nichts...!«

Am Montag konnten es Meggi, Radieschen und Thomas natürlich kaum erwarten, bis große Pause war.

»Na, was habt ihr rausgefunden?« fragte Radieschen denn auch gleich und schaute die Jungen neugierig an.

»Nichts!« In Ulis Stimme schwang die Enttäuschung mit.

»Gar nichts?« fragte Thomas vorsichtig.

»Noch weniger...«, murmelte Popp.

Uli berichtete kurz und trocken, wie es gewesen war. Es lag keine Begeisterung in seiner Stimme.

Danach war es eine Weile still.

Dann begann Meggi: »Uli, gibt es irgend etwas, was wir noch tun könnten?«

»Ich weiß es nicht...«

»Mit wem könnte man sich noch unterhalten, Willi?« Meggi wollte einfach nicht aufgeben.

»Wir haben alle durch, die mit Vati zusammengearbeitet haben...«, Willi zögerte einen Augenblick, »... außer den Lehrlingen, die er damals ausgebildet hat. – Aber wenn seine Arbeitskollegen nichts wissen, glaube ich nicht, daß einer von denen...«

»Aber es wäre eine Möglichkeit«, beharrte Meggi. Willi nickte.

»Also Uli?« Meggi schaute ihn direkt an. »Willst du es noch mal versuchen?« Ihre Stimme klang so fest und befehlend, daß Uli keine Wahl blieb.

»Na, wegen mir. Günthers Vater hat uns ja eingeladen.«

»Klasse«, jubelte Radieschen. »Dann können Meggi und ich doch bestimmt auch mit, wenn wir im Bauernhaus von Günthers Vater übernachten können.«

Uli lächelte.

»Er hat eigentlich nur etwas von einem Dachzimmer für ein, zwei Leute gesagt...«, antwortete er.

»Ach«, Radieschen war richtig in Fahrt, »dann schlafen wir eben auf einem Sofa im Wohnzimmer oder so.«

»Ich weiß nicht...« Uli hatte keine Lust, überhaupt noch mal hinzufahren. Und wie sich Radieschen das vorstellte? Ein bis zwei Leute, hatte der Bauer gesagt, Uli und Willi mußten auf jeden Fall fahren. Wie sollte man dann noch die beiden Mädchen...?

Er schüttelte den Kopf.

»Das geht nicht, Radieschen«, sagte er bestimmt.

»Und warum nicht, wenn ich fragen darf?«

Uli versuchte, es ihr zu erklären.

»Nun«, sie holte tief Luft, »kannst du mir die Telefonnummer von Günther geben, Willi? Da rufe ich mal an. Wir werden ja sehen, ob es nicht doch geht!« Uli war froh, daß es jetzt gerade im Schulhof klingelte, und die Pause zu Ende war. Er hatte keine Lust mehr weiterzumachen!

Radieschen rief an – und schaffte es. Sie sprach mit Günthers Vater. Der hatte nichts dagegen einzuwenden, daß sie und Meggi auf einem großen Sofa im Wohnzimmer übernachteten. Und die Eltern erlaubten es diesmal auch. So kam es, daß Uli, Willi, Radieschen und Meggi schon am nächsten Freitagnachmittag wieder zu Willis Heimatort radelten. Diesmal waren die Fahrräder nicht so voll beladen. Sie brauchten ja nur wenige Dinge mitzunehmen. Übernachtung und Verpflegung wurden ihnen diesmal ja geschenkt. Unterwegs hielten sie an, und Meggi und Radieschen pflückten die letzten Wiesenblumen, die sie finden konnten.

»Die sind für Günthers Mutter«, belehrte Radieschen die Jungs. »Das gehört sich einfach, daß man etwas mitbringt.«

Am späten Nachmittag hatten sie sich schon bei dem Bauern einquartiert, und Uli und Willi fuhren los, um etwas über die früheren Lehrlinge herauszufinden. Sie brauchten zuerst einmal Namen und Anschriften. Willi konnte sich nur noch an zwei Namen erinnern. Währenddessen radelten Meggi und Radieschen mit Günther zur Brücke und zum Wald und sahen sich alles an.

Als sie abends um den Tisch in der großen Wohnküche des Bauernhauses versammelt waren, war Uli wieder etwas zuversichtlicher.

»Wir haben alle Namen und sämtliche Anschriften von den Lehrlingen, die Herr Keller zuletzt ausgebildet hat«, berichtete er.

»Die meisten wohnen hier in der Gegend. Zwei sind fortgezogen. Aber wir haben auch ihre Anschriften bekommen. Wir können ja versuchen, sie telefonisch zu erreichen oder sie anzuschreiben. – Ich denke, morgen besuchen wir erst mal die Lehrlinge, die hier in der Nähe wohnen.«

»Was heißt: wir?« wollte Radieschen sofort wissen.

»Keine Sorge«, erwiderte Uli. »Diesmal spannen wir

euch auch ein. Es sind nämlich 23 Anschriften, die wir haben. Da brauchen wir jede Hilfe.«

»Jede Hilfe . . . – so so!« Radieschen spielte kurz die Beleidigte.

Aber Meggi war schon am Überlegen. »23 minus die zwei, die fortgezogen sind, das macht 21«, rechnete sie laut vor.

»Mathe 1«, spottete Günther und erntete dafür einen Blick, der nicht zu beschreiben ist.

»Also«, begann Uli von neuem, »am besten fahren du, Radieschen und Meggi – also ihr zwei – mit Günther. Der kennt sich hier in der Gegend ja aus. Willi und ich fahren dann als zweite Gruppe. – Wir sollten nur für jeden eine sinnvolle Strecke festlegen, damit wir möglichst wenig herumkurven müssen.«

»Und was sollen wir die Leute fragen?« wollte Meggi wissen.

»Erkundigt euch vor allem nach den letzten Tagen, an denen Herr Keller im Betrieb war. Ist ihnen irgend etwas aufgefallen? Gab es vielleicht mit jemandem Streit? Oder fiel sonst was Eigentümliches vor? Notiert euch alles. Laßt die Leute ruhig ein wenig erzählen und achtet auf jede Kleinigkeit.«

So vergingen die letzten Stunden des Abends recht schnell. Als sie sich kurz vor elf Uhr schlafen legten, war alles eingeteilt.

Am nächsten Morgen machten sie sich – wie abgesprochen – auf den Weg. Sie hatten von Günthers Eltern einige Brote mitbekommen und konnten nun den ganzen Tag unterwegs sein. Das Wetter war angenehm, wenn auch nicht mehr ganz so warm wie vor einer Woche. Ein kräftiger Wind blies, der ihnen als Gegenwind manchmal ganz schön zu schaffen machte. Aber sie waren voller Hoffnung, diesmal etwas zu erreichen.

21 Anschriften. Da mußte doch etwas herauskommen!

Im Laufe des Tages wurde diese Hoffnung jedoch immer kleiner. Immer wieder hörten sie fast dasselbe. Und nichts war dabei, das ihnen weiterhelfen konnte.

Herr Keller sei immer recht freundlich und ausgeglichen gewesen. Er hätte sich sehr um die Lehrlinge bemüht und versucht, ihnen wirklich zu helfen. Nicht nur geschäftlich, auch privat. Manche sagten sogar, er sei ihnen ein guter Freund gewesen. Doch damit konnte Uli natürlich nicht viel anfangen, als sie am Abend in der Küche zusammensaßen und sich gegenseitig berichteten.

»Mir ist eine Kleinigkeit aufgefallen«, bemerkte Meggi nachdenklich.

»Was denn?«

»Bei uns ist zweimal ein Name aufgetaucht, Uli. Zweimal sprachen welche davon, daß sich Herr Keller besonders um einen – wie hieß der noch, Radieschen?«

»Äh – hier steht's: Manfred Ritter.«

»Ja«, fuhr Meggi fort, »um den hätte er sich besonders angenommen.«

»Der Name ist bei uns auch mal dabeigewesen.« Uli blätterte schnell seine Notizen durch. »Ja, hier steht's!« Er zuckte die Schultern. »Aber was soll uns das weiterhelfen?«

Inzwischen hatte Willi die Anschriftenliste durchgesehen.

»Hier, Uli. Das ist einer von denen, die weggezogen sind. – Puh, der wohnt aber weit weg . . .«

»Na und? Wenn wir den anrufen oder schreiben, ich weiß schon, was da kommt . . .« Uli war direkt ein wenig ärgerlich. ». . . Dein Vater war ein guter Freund, etc. etc. – Willi, so langsam weiß ich nicht weiter. Nur eines wird immer deutlicher. Es ist unvorstellbar, daß ausgerechnet dein Vater sich umgebracht haben soll!«

Dankbar schaute Willi ihn an. »Und deshalb müssen wir weitersuchen!«

Uli seufzte. Er konnte Willi so gut verstehen.

Als sie am darauffolgenden Sonntag nach dem Gottesdienst und dem Mittagessen nochmals losfuhren, um die letzten fünf Leute zu befragen, erhielten sie wieder die gleichen Antworten.

Am späten Nachmittag trafen sie sich wieder im Bauernhaus. Sie setzten sich gemütlich ins Wohnzimmer. Auch Günthers Vater setzte sich dazu. »Sollen wir überhaupt noch die zwei, die weggezogen sind, mit unseren Fragen stören?« fragte Uli enttäuscht. »Was meint ihr?«

»Wir sollten es wenigstens versuchen.« Meggi zeigte noch immer die größte Ausdauer.

»Ihr könnt von hier aus anrufen«, mischte sich Günthers Vater ein. »Das Telefon ist im Hausgang.«

»Klasse! Komm, Uli, wir rufen gleich an.« Günther war schon aufgesprungen. »Danke, Vati!«

Langsam stand nun auch Uli auf. Während die anderen im Wohnzimmer warteten, versuchten sie, die beiden jungen Männer zu erreichen.

Es dauerte eine ganze Weile, bis Günther und Uli zurückkamen.

»Und?« fragte Radieschen ungeduldig.

»Wir haben nach einiger Telefoniererei einen der beiden gesprochen. Nur gut, daß es 'ne Auskunft gibt.«

»Und was hat er gesagt, Uli?«

»Na, was schon ...« Uli verzog das Gesicht.

»Das übliche?« Willi sah es Uli deutlich an.

Uli nickte etwas und holte tief Luft. Er wollte Willi nicht enttäuschen. Aber – hatte das alles noch Sinn?

»Wen habt ihr denn erreicht?« fragte nun Meggi. »Den Manfred Ritter?«

»Nein, den nicht.« Uli schüttelte den Kopf.

»Von dem haben wir keine Nummer gekriegt. Vielleicht hat er kein Telefon. Dem können wir höchstens schreiben, aber ob sich das lohnt ...«

»Doch!« Meggi blieb hartnäckig. »Gib mir die Anschrift. Ich schreib ihm gleich heute abend, wenn wir wieder zu Hause sind.«

Günthers Vater versuchte die enttäuschten Freunde etwas aufzumuntern. »Na, vielleicht erfahrt ihr da noch etwas. – Und wie wär's, wenn ich euch mal unseren Hof zeigen würde . . . ?«

Es gelang dem Bauern tatsächlich, die Zeit bis zur Abfahrt noch zu einem angenehmen Erlebnis werden zu lassen. Die Freunde durften in alle Ecken des Hofes ihre Nase hineinstecken, und Radieschen versuchte sogar, eine Kuh zu melken. Doch die Kuh schien sie nicht zu mögen . . .

Kurz nach Einbruch der Dunkelheit waren sie wieder zu Hause, und Meggi setzte sich tatsächlich noch hin und schrieb einen langen Brief an Manfred Ritter. Und am nächsten Morgen, noch vor Schulbeginn, lag der Brief schon im Kasten.

5. Ist alles sinnlos?

Als Pepp, Muck, Thomas und Banni erfuhren, daß auch dieses Wochenende nichts gebracht hatte, zogen sie lange Gesichter.

Am liebsten hätte Uli die ganze Sache nun vergessen. Aber das war ja nicht möglich. Jeden Tag kam er mit Willi zusammen. Und auch wenn der nichts sagte, seine Augen schauten so, daß Uli wegsehen mußte.

Mensch, Willi, dachte er oft, wenn ich dir nur helfen könnte!

So vergingen drei Wochen. Manfred Ritter antwortete nicht auf Meggis Brief. Uli war es eigentlich egal, denn Neues erwartete er sowieso nicht. Dennoch war er damit nicht zufrieden. Solange man nicht auch die letzte Antwort hatte, solange konnte immer noch eine Information kommen – auch wenn Uli nicht mehr daran glaubte.

Erneut setzte sich Meggi hin und schrieb einen Brief an Manfred Ritter. Doch auch darauf kam keine Antwort.

Inzwischen war es Mitte November geworden. Wieder einmal standen sie in der großen Pause zusammen.

»Daß der einfach nicht antwortet, begreife ich nicht.« Meggi schüttelte den Kopf.

»Vielleicht hat er keine Lust?« erwiderte Pepp.

»Oder die Briefe sind verloren gegangen?« warf Banni ein.

»Das glaube ich nicht.« Muck kratzte sich am Kopf. »So oft gehen doch keine Briefe verloren. – Und wenn er weggezogen ist, dann wird ihm doch der Brief entweder hinterhergeschickt, oder an uns zurückgesendet. – Du hast doch sicher den Absender draufgeschrieben, Meggi – oder?«

»Natürlich! – Ich begreife es einfach nicht. Soll ich es noch mal versuchen?«

»Ja, bitte.« Willi schaute sie traurig an. »Bitte versuch es noch mal.«

Es war kurz vor zehn Uhr abends. Meggis Brief war schon unterwegs.

Uli lag wach im Bett und dachte – wieder einmal – über jede Einzelheit nach. Auch diesmal kam er nicht weiter.

Aber am nächsten Morgen erwachte Uli mit dem unbezwingbaren Wunsch, irgend etwas herauszubekommen – und wäre es noch so wenig.

Als die Schule zu Ende war und sich die Freunde in einer Ecke des Schulhofes trafen, hatte er einen Entschluß gefaßt.

Thomas war Ulis nachdenkliches Wesen schon den ganzen Morgen aufgefallen.

»Hey, Uli, du schaust so eigenartig. Was hast du denn ausgebrütet?«

»Ich habe gestern abend überlegt, daß man eines rauskriegen sollte: Wo war Willis Vater zwischen der Werkstatt und der Brücke? Vielleicht hilft uns das nichts, aber wir hätten wenigstens mal etwas herausgefunden...«

Willi nickte traurig. »Wenigstens etwas... – warum nur der Ritter nicht antwortet, das verstehe ich nicht.«

»Willi«, Meggi blickte ihn an, »gestern habe ich ihm ja noch mal geschrieben. Ich habe ihn ganz dringend gebeten, zu antworten. Sogar eine Postkarte für die Antwort habe ich mitgeschickt. Diesmal antwortet er bestimmt!«

»Ja«, Uli nickte, um Willi Mut zu machen. »Aber trotzdem sollten wir versuchen, auch auf andere Weise noch was rauszukriegen. – Nur...«, er schaute Radieschen direkt ins Gesicht, »noch einmal möchte ich Günthers Vater nicht einfach ›überrollen‹.«

Radieschen wurde rot und schluckte.

»Diesmal fahre ich allein«, fuhr Uli schon fort. »Günther kann mir ja suchen helfen.«

»Bei dem Wetter mit dem Fahrrad?« Pepp schaute skeptisch zum grau verhangenen Himmel. »Da frierst du dir ja was weg.«

»Hm – ich muß mich halt warm anziehen . . .«

»Vielleicht fährt dich meine Mutter hin«, schlug Willi vor. »Aber ich kann dir nichts versprechen. – Wenn du nur was rauskriegen würdest . . .«

Und es klappte. Am kommenden Freitagnachmittag fuhr Frau Keller mit Uli und Willi zu Günthers Eltern. Uli hatte sich telefonisch angemeldet. Günthers Vater wollte ihm sogar sein altes Fahrrad zur Verfügung stellen. So hatten sie Ulis Rad nicht mitnehmen müssen. Das ist ja in einem normalen Kofferraum gar nicht so einfach.

Nachdem Willi mit seiner Mutter wieder abgefahren war, beratschlagten Günther und Uli, was zu tun sei. Sie saßen in Günthers Zimmer. Auf dem Tisch lag eine große Straßenkarte.

»Uli, das ist die beste Karte, die ich auftreiben konnte. Da ist jeder Feldweg drauf«, begann Günther.

»Prima. – Wo ist denn euer Hof und die Werkstatt – und wo ist die Brücke?«

Günther hatte diese Stellen schon längst herausgesucht, noch ehe Uli gekommen war. Blitzschnell deutete sein Finger auf die richtigen Orte.

»Hm«, meinte Uli nachdenklich. »Wo könnte er hingefahren sein?«

»Er war also bei der Werkstatt, weil der Wagen schlecht angesprungen ist. Dort haben sie den Fehler behoben. Dann fuhr er weg, aber weder nach Hause, noch direkt zur Brücke . . .«, wiederholte Günther alles, was sie wußten.

»Also, –« Doch weiter kam Uli nicht. Oder besser gesagt, weiter wußte er nicht.

Schweigend saßen sie am Tisch und starrten auf die Karte. Wo war er hingefahren und vor allem: warum?

Uli stützte die Arme auf den Tisch und legte seinen Kopf auf die Hände. Wenn Willis Vater sich umbringen wollte, gut, dann war er herumgefahren, um sich alles noch mal zu überlegen. Vielleicht hatte er gezögert, oder einfach Angst gehabt – aber, wenn er sich nicht umgebracht hatte? Warum war er dann nicht direkt nach Hause gefahren?

Uli wurde plötzlich unruhig. Er hob den Kopf und spielte mit den Fingern.

»Günther«, begann er, »wir gehen ja davon aus, daß er sich nicht umgebracht hat. Warum ist er dann in die andere Richtung gefahren?«

»Weiß ich auch nicht. Vielleicht wollte er noch jemanden besuchen oder irgend etwas erledigen, was kaufen oder so.«

»Hm . . .«

Uli war aufgestanden und lief unruhig hin und her. »Wohnt einer der Lehrlinge in der Richtung?«

»Sehn wir mal nach, Uli.«

Sogar drei ihrer Anschriften lagen in der Richtung, in die Herr Keller an jenem Abend gefahren war. »Vielleicht war er bei einem von denen, Günther?«

»Aber warum haben sie uns nichts davon gesagt?«

»Sie könnten es vergessen haben . . .«

»Wir können sie ja sicherheitshalber heute abend anrufen, Uli. – Aber was machen wir, wenn er nicht bei denen war?«

»Du hast vorhin gesagt«, Uli lief noch immer hin und her, »er wollte vielleicht was erledigen oder was kaufen. Was könnte das gewesen sein? – Günther, du kennst dich doch hier aus. Was gäbe es denn da für Möglichkeiten?«

Günther überlegte. Aber viel fiel ihm nicht ein. In dieser Richtung gab es zwar eine Arztpraxis und einen großen Supermarkt, aber warum sollte Herr Keller dorthin gefahren sein, ohne daß seine Frau etwas davon wußte?

»Wir können ja mal nachfragen.« Uli blieb am Tisch stehen, auf dem die Karte lag, und schaute gedankenverloren darauf. »Vielleicht ist er im Supermarkt gewesen. Dann müßte ihn jemand gesehen haben. Willi hat mir ein Bild seines Vaters mitgegeben, hoffentlich erkennt ihn dort jemand – an der Kasse oder so. Und bei dem Arzt können wir ja auch anrufen. »Und«, Günther holte tief Luft, »wenn beides Fehlanzeigen sind – ich meine, damit müssen wir ja rechnen, was dann?«

»Wo könnte er noch hin sein?« wiederholte Uli seine Frage.

Erneut war es still im Raum. Beide hatten sich mit den Augen an der Karte festgesaugt, der eine sitzend, der andere stehend.

»Ich wüßte nichts mehr, Uli«, meinte Günther nach einiger Zeit. »Wenn uns das, was wir jetzt haben, nicht weiterbringt, dann muß ich passen.«

Doch Uli war noch am Überlegen.

»Günther«, er biß sich auf die Unterlippe, »wenn wir erfahren könnten, wie viele Kilometer Herr Keller an diesem Abend gefahren ist – dann ...«

»Ob die in der Werkstatt den Kilometerstand aufgeschrieben haben, als sie das Auto in Ordnung brachten?« Günther zuckte die Schultern. »Und selbst, wenn sie es gemacht hätten, wir müßten auch wissen, welchen Kilometerstand der Wagen hatte, als die Polizei ihn fand. Und die sagen dir bestimmt nichts, Uli.«

»Dürfen sie ja wahrscheinlich auch gar nicht.« Uli sprach ganz leise. »Dennoch – wenn wir da was rauskriegten ...«

Als es langsam dunkel wurde, begannen sie mit den Telefongesprächen.

Bei den drei Lehrlingen war Herr Keller nicht gewesen, und der Arzt kannte ihn nur dem Namen nach. Aber etwas bekamen sie doch heraus: Die Werkstatt hatte tatsächlich den Kilometerstand auf ihren Auftrag geschrieben. Und Willis Mutter hatte sich die Kilometer notiert, als sie den Wagen erhalten hatte.

»Wegen Ölwechsel und solchen Dingen. Mutti ist da recht ängstlich, daß ja nichts kaputtgeht«, hatte Willi am Telefon erklärt.

Aufgeregt rechneten Uli und Günther die gefahrenen Kilometer aus: Es waren 97.

»Hui!« entfuhr es Günther. »Der hat aber 'ne schöne Spritztour gemacht. Bis zur nächsten Brücke sind es höchstens...«, er schaute auf die Karte, »...na, ich schätze so zehn bis fünfzehn...«

»Dann bleiben uns über 80 Kilometer!« Uli holte tief Luft. »Wo ist der bloß hingefahren?«

»Vielleicht«, Günther blickte vorsichtig zu Uli hin, »vielleicht ist er doch nur rumgefahren, ich meine...«

Uli nickte leicht. Sie verstanden sich auch so. Einige Zeit saßen sie schweigend im Zimmer.

»Morgen früh radeln wir mal zu dem Supermarkt. Vielleicht erkennt ihn dort einer, wenn wir das Bild zeigen«, meinte Uli endlich.

Günthers Mutter fuhr am nächsten Morgen zum Einkaufen. Uli und Günther konnten mitfahren. Und während die Mutter einkaufte, gingen die beiden Jungen von einem Angestellten zum nächsten, zeigten Herrn Kellers Bild und fragten, ob er an jenem Abend dagewesen war.

Natürlich war es im Samstagsgeschäft gar nicht so leicht, von allen Auskunft zu erhalten. Aber unsere Freunde waren hartnäckig.

Als sie zurückfuhren, wußten sie nur, daß er wahrscheinlich nicht im Supermarkt gewesen war. Einige der Angestellten kannten ihn überhaupt nicht. Und die anderen waren sich nach so langer Zeit auch nicht sicher, ob er genau an diesem Abend dagewesen war. »Wir haben zu viele Kunden«, hatte man ihnen erklärt.

Wahrscheinlich war er also hier nicht einkaufen gewesen.

»Wahrscheinlich – wahrscheinlich ...«, Uli schüttelte den Kopf. »Damit sollen wir jetzt was anfangen. Am Ende hat er was gekauft, und ausgerechnet die Kassiererin, bei der er bezahlt hat, war heute nicht da oder hat es vergessen. Dann wäre wieder alles anders.«

»Damit müßt ihr euch abfinden, Uli«, sagte Günthers Mutter, die eben hinzugekommen war. »Kommt ihr mit zum Auto? Ich bin fertig.« Während sie losgingen, sprach sie weiter: »Aber überlegt doch mal einfach so: Was ist, wenn er dort einkaufen war, und was, wenn nicht? – Ändert sich dadurch so viel?«

»Wenn ihn jemand gesehen hätte und wüßte noch, in welche Richtung er weggefahren ist ... – Oder vielleicht gäbe das, was er gekauft hat, einen Anhaltspunkt. – Nur, ob dann darüber noch jemand Bescheid wüßte? Es ist doch alles so lange her ...« Uli war wieder sehr mutlos geworden.

Sie stiegen ins Auto und fuhren los.

»Wenn wir einfach mal alle Möglichkeiten durchspielen«, überlegte Günther und schaute zur Fahrzeugdecke. »Wo könnte er hingefahren sein?«

Uli schüttelte den Kopf. »Ich kenne mich hier nicht aus. Da mußt schon du überlegen, Günther!«

So saßen sie die nächsten Stunden zusammen in Günthers Zimmer, schauten immer wieder auf die Karte, überlegten, redeten, ließen ihrer Phantasie freien Lauf – und am Ende waren sie soweit wie zuvor!

»Es ist sinnlos. Wir treten auf der Stelle«, murmelte Uli.

Günther nickte schweigend.

Als es drei Uhr geworden war, rief Günthers Mutter

von unten aus der Küche: »Kommt ihr zum Kaffeetrinken?«

»Ja, wir kommen, Mutti!«

Enttäuscht trotteten sie nach unten.

Als sie gegessen und getrunken hatten, schaute Günther Uli an. »Weißt du, was wir jetzt machen?«

»Was?«

»Wir nehmen Karo und gehen ein bißchen mit ihm im Wald spazieren . . .«

6. Auf heißer Spur

Ein eisiger Wind fuhr ihnen ins Gesicht, als sie durch das Dorf gingen. Bald hatten sie den Ortsrand erreicht, und wenig später befanden sie sich im Wald. Karo sprang fröhlich um die Jungen herum. Inzwischen hatte er sich auch an Uli gewöhnt.

Sie rannten mit dem Hund um die Wette, warfen kleine Stöcke in das Unterholz, und Karo kam wenige Minuten später mit dem Ast zwischen den Zähnen zu Günther gesprungen.

»Weißt du, was mich interessieren würde?« fragte Uli auf einmal.

»???«

»Meinst du, Günther, daß Karo auch einen Stock finden kann, den wir oben von der Brücke hinunterwerfen?«

»Traue ich ihm schon zu«, Günther lächelte. »Komm, versuchen wir es doch einfach!«

Sie eilten durch den Wald, stiegen den steilen Hang der Schlucht hinauf und waren bald an der Brücke angekommen.

Günther nahm einen Stock und zeigte ihn dem Hund. »Karo«, Günther sprach langsam, »wir werfen jetzt diesen Stock von der Brücke in den Wald da unten. Sei ein braver Hund und such ihn – ja?«

Der Hund spitzte die Ohren und schien zu verstehen, daß er jetzt etwas Besonderes leisten sollte. Günther schaute kurz die Gleise entlang, sprang wenige Meter auf die Brücke, spuckte auf den Stock und warf ihn in hohem Bogen nach unten in die Schlucht.

Sekundenlang konnte er den Stock noch erkennen, dann war er zwischen den Tannen verschwunden.

»Karo, such!« rief er dem Hund zu, während er zu Uli lief, der am Waldrand, wenige Meter von der Brücke entfernt, wartete.

Nur einen kurzen Augenblick zögerte Karo. Dann sprang er in den Wald. Unsere Freunde versuchten ihm zu folgen, konnten aber nicht mithalten. Schon bald war der Hund verschwunden. Günther und Uli liefen einfach den Hang zwischen den Bäumen hinab.

»Ich glaube, daß der Stock ungefähr da vorne runtergekommen ist, Uli.«

»Kann sein. Ich bin ja gespannt, ob Karo ihn entdeckt.«

Plötzlich hörten sie lautes Gebell.

»Mensch, Uli«, Günther lachte, »ich glaube, er hat ihn gefunden!«

Sie rannten auf das Gebell zu. Schon hatten sie Karo erreicht, der nun stolz den Stock zwischen die Zähne nahm und ihn Günther entgegenhielt.

»Bist ein braver Hund!« Mit diesen Worten nahm Günther den Stab aus Karos Maul.

Der drehte sich sofort herum und lief ein, zwei Meter in das Unterholz hinein. Dort blieb er stehen und bellte.

»Was will Karo denn?« fragte Uli seinen Freund. »Wir sollen wohl mitkommen. Ob er etwas gefunden hat, was er uns zeigen will?«

»Was könnte das sein?«

»Vielleicht ein totes Tier. Ich weiß nicht.«

Sie folgten dem Hund, der immer tiefer in das dichte Unterholz vordrang. Nach etwa zehn Metern blieb Karo bei einem Gebüsch stehen und blickte die Jungen erwartungsvoll an.

»Nun, was ist, Karo?« Günther stand direkt neben seinem Hund.

Dieser hob die Schnauze und sprang an einer Tanne hoch.

Uli sah es zuerst. An einem Ast, den der Hund nicht

erreichen konnte, hing etwas Kleines, Dunkles, Vierekkiges an einer kurzen Kordel.

»Was ist denn das?« Schnell griff Uli nach dem Gegenstand.

»Das ist ja eine Pocketkamera! Die Schlaufe ist am Ast hängengeblieben.« Günther wandte sich um. »Bist ein braver Hund.« Er kraulte Karo im Nacken.

»Wie kommt denn die Kamera hierher?« Uli hatte sich den Foto geholt und sah sich das Gerät von allen Seiten an. »Sieht ein wenig mitgenommen aus. So, als wenn sie schon 'ne Weile hier hängen würde.« Günther nahm ihm die Kamera ab.

»Mensch, Uli! Da ist ja ein Film drin.«

Durch ein kleines Fenster auf der Hinterseite des Gerätes konnte man dies erkennen.

»Bild Nummer sechs«, murmelte Uli. »Den Film sollten wir entwickeln lassen, dann ...«

Günther blickte nachdenklich zu Boden.

»Du, Uli, ich hab' einen Lehrer, der hat ein kleines Fotolabor. Wir gehen zu ihm und fragen, ob er uns den Film entwickelt. Ich mag nicht warten, bis übermorgen das Fotogeschäft aufmacht. Und dann dauert es noch mal ein paar Tage.«

Plötzlich sah er Uli direkt in die Augen. »Deine Freunde haben recht. Mit dir erlebt man immer Abenteuer.«

Uli lächelte. »Kann ich doch nichts dazu, daß der Foto hier hängt ...«

Sie machten sich auf den Weg ins Dorf. Nach einigen Metern blieb Uli schon wieder stehen.

»Günther ...«

»Ja?«

»Hier ist doch die Stelle, wo Herr Keller lag, nicht wahr?«

Günther nickte.

»Gar nicht so weit weg«, Uli überlegte noch einen

kurzen Augenblick, »dort hinten haben wir die Kamera gefunden – ob nicht am Ende ...«

»Mensch, Uli, wenn das stimmen würde!«

Etwas unsicher drückte Günther auf den Klingelknopf. Hoffentlich war der Lehrer zu Hause. Und – war es nicht doch ein wenig zu unverschämt, jetzt, am späten Samstagnachmittag, zu ihm zu kommen? Aber ehe er weiter überlegen konnte, wurde die Tür schon geöffnet.

»Günther! Was treibt dich denn zu mir?«

»Herr Betz«, Günther holte tief Luft, »wir haben im Wald eine Kamera gefunden – und da ist noch ein Film drin, und ich dachte, Sie haben doch ein Fotolabor ...«

Der Lehrer lächelte. Er war etwa 30 Jahre alt, schlank und hatte kurzgeschnittene dunkle Haare. »Ich habe dich schon verstanden. Du kannst also nicht warten, bis der Film entwickelt ist – stimmt's?«

»Ja, Herr Betz. Vielleicht ist was auf den Bildern drauf, wo wir rauskriegen können, wem der Foto gehört.«

»Na, kommt mal rein.« Der Lehrer dachte an seine eigene Kinderzeit zurück und ahnte, daß es sich hier für die beiden Jungs um eine Art Detektivspiel handelte. Natürlich hatte er keine Ahnung, daß es mehr war als nur ein Spiel.

»Übrigens, das ist Uli, ein Freund von mir«, stellte Günther ihn vor.

»Betz ist mein Name, hast du ja schon gehört, Uli. – Also gehen wir ins Labor.«

Uli staunte, daß der Lehrer so schnell bereit war, ihnen zu helfen.

Herr Betz rief noch kurz einige erklärende Worte ins Wohnzimmer. Dort saß seine Frau vor dem Fernseher.

Sie standen in dem kleinen dunklen Raum, der Herrn Betz als Fotolabor diente.

»Gibst du mir mal die Pocketkamera, Günther.«

»Hier – bitte.«

»Wie habt ihr die denn gefunden?«

Kurz erzählte Günther, wie sie den Stock von der Brücke geworfen hatten, und wie Karo sie später zu der Kamera geführt hatte.

»Aber ihr geht mir nicht mehr auf die Brücke. Verstanden?«

Günther nickte. So genau hätte ich es ja auch nicht erzählen müssen, dachte er kurz.

Herr Betz löschte das Licht und nahm den Film aus der Kamera. Dies tat er erst im Dunkeln, da der Film ja noch nicht ganz voll war, sonst hätte er erst noch die restlichen Bilder vorwärts transportieren müssen. Uli und Günther hörten nur ein leises Knacken. Es war ja stockdunkel.

»Jetzt breche ich die Filmkapsel auf«, erklärte Herr Betz, »und dann fädele ich den Film in eine Entwicklungsdose. Dann können wir den Rest wieder im Hellen machen.«

Als Herr Betz kurz darauf das Licht anschaltete und Entwicklungsflüssigkeit in die kleine schwarze Plastikdose goß, dachte Uli daran zurück, wie sie schon einmal einen Film entwickelt hatten (siehe: Uli in Lebensgefahr). Damals war alles furchtbar primitiv gewesen. Sie hatten mit einfachen Schüsseln gearbeitet – aber es hatte auch geklappt.

Wenig später war der Film entwickelt, fixiert, und Herr Betz öffnete den Deckel der Entwicklerdose.

»Jetzt bin ich aber gespannt!« Günther war schrecklich aufgeregt.

Herr Betz hielt den Film gegen das Licht.

»Wenn die Bilder nicht so klein wären, könnte man mehr sehen . . .«

»Wir können ja mal ein paar Abzüge machen, Günther.« Herr Betz lächelte ihn an. »Dann können wir es besser erkennen.«

Nach etwa einer dreiviertel Stunde schwammen die Fotografien in einer großen roten Schüssel mit Wasser.

Es waren von jedem Bild zwei bis drei Vergrößerungen, da es sehr schlechte Negative waren. Herr Betz hatte versucht, die Fotos möglichst gut hinzubekommen und sie auf 13 mal 18 Zentimeter vergrößert.

Immer wieder schüttelte er nun den Kopf. »Das sind ja eigenartige Bilder.«

Auf dem ersten Foto sah man einen jungen schlanken Mann mit langen Haaren, der sich mit einem anderen unterhielt. Den jungen Mann konnte man nicht erkennen, er stand mit dem Rücken zur Kamera. Das Gesicht des anderen war ebenfalls sehr undeutlich, da die Aufnahme aus einiger Entfernung aufgenommen worden war. Auf dem zweiten Bild sah man einen jungen Mann – offensichtlich denselben wie auf dem ersten Bild –, der in eine verwahrloste Wirtschaft ging. »Zum Hirsch« war auf einem alten Schild über dem Eingang zu lesen.

Das dritte Bild zeigte ein Mofa, das an einen Baum gelehnt war. Die Aufnahme war etwas verwackelt und recht dunkel.

Das vierte Foto – es war wohl mit einem Blitzlicht aufgenommen – war sehr schlecht. Man sah jemanden, der sich bückte. Die Aufnahme war leider kaum erkennbar. Vermutlich aber war es derselbe junge Mann wie auf den ersten beiden Bildern. Auf dem fünften sah man zwischen dicken Holzbohlen ein kleines Bündel liegen. Es war etwas Langes, Dunkles auf der rechten Seite. – Uli schüttelte den Kopf.

Das sechste Bild war total verwackelt und unscharf. Günther meinte, einige Tannenäste sehen zu können. »Also Jungs«, Herr Betz war sehr nachdenklich geworden, »ich denke, die Pocketkamera und die Bilder bringen wir am besten zur Polizei. Irgend etwas ist da eigenartig . . .«

Uli nickte. »Ist gut, Herr Betz, aber könnten wir die anderen Vergrößerungen haben? Sie brauchen doch nur die besten Bilder für die Polizei.«

»Ich denke schon. Ihr wollt wohl noch etwas Detektiv spielen . . .?«

Sie saßen wieder in Günthers Zimmer an dem Tisch mit der Landkarte. Doch diesmal lagen die großen 13mal18-Fotografien auf der Karte.

Inzwischen war es dunkel geworden, und eine helle Schreibtischlampe beleuchtete den kleinen Tisch. Immer wieder sahen sich Uli und Günther die Bilder an. Es waren zwar die schlechteren Vergrößerungen, aber da sie die guten gesehen hatten, konnten sie etwas damit anfangen.

Endlich sprach Uli aus, was sie beide dachten. »Günther, ich glaube, daß dieser Fotoapparat Herrn Keller gehört hat.«

»Günther nickte. »Das denke ich auch. Aber was bedeuten diese Bilder?«

»Wir sollten zuerst mal wissen, ob Herr Keller so eine Pocketkamera hatte.«

Günther stand sofort auf.

»Rufen wir Willi doch an!«

Nach dem Anruf hatten sie Gewißheit.

Herr Keller hatte eine Pocketkamera im Auto gehabt, um bei einem Unfall Aufnahmen machen zu können. Dieser Foto war verschwunden. Willi konnte nicht sagen, seit wann, da er und seine Mutter noch nie an den Apparat gedacht hatten. Aber er war auf jeden Fall jetzt nicht mehr im Auto. Dort hatte er immer im Handschuhfach gelegen.

Uli und Günther konnten sich lebhaft vorstellen, welche Aufregung ihre Entdeckung bei Willi und seiner Mutter verursachte . . .

»Wir geben dann wieder Bescheid, wenn wir noch mehr rauskriegen sollten«, versprach Uli zum Abschied am Telefon.

7. Die Todesbrücke

Aufgeregt ging Uli in Günthers Zimmer auf und ab. Günther saß am Tisch und spielte nervös mit den Fingern.

»Was bedeuten nur die Bilder, Günther?«

»Tja, Uli, wenn wir das wüßten ...«

»Also ...«, Uli blieb am Tisch stehen und deutete auf das erste Bild mit den beiden Männern, »... aus irgendeinem Grund war es Herrn Keller wichtig, die zwei zu fotografieren. Wenn wir nur wüßten, wo er sie geknipst hat. Hinter denen ist ja nur undeutlich eine Wiese oder so was zu erkennen.«

»Ja, Uli. Und dahinten, das Dunkle, das könnte ein Waldrand sein. Wenn es noch nicht so spät wäre, könnten wir ja versuchen, die Stelle ausfindig zu machen. Aber ...«

»Vielleicht würden wir sie finden, Günther. Doch damit könnten wir vermutlich nichts anfangen. – Hier, das zweite Bild: Wo liegt denn die Wirtschaft ›Zum Hirsch‹?«

Günther schob die Bilder etwas zur Seite, suchte kurz auf der Landkarte und deutete dann auf eine Stelle. »Hier etwa muß es sein. Die Wirtschaft liegt etwas außerhalb.«

»Also in der Richtung, in die Herr Keller von der Werkstatt aus fuhr! Und dazu noch ein schönes Stück entfernt.« Uli hatte jedes Wort betont. »Nun zum dritten Bild, mit dem Mofa am Waldrand.«

»Das könnte bei der Brücke sein.« Günther verzog das Gesicht. »Oder auch woanders, es sind ja so schlechte Aufnahmen.«

»Nehmen wir mal an, das Bild wurde bei der Brücke aufgenommen, dann ...«

Uli legte das Bild mit den Holzbohlen in die Mitte. »... dann sind das hier Eisenbahnschwellen ...«

»... und das Lange, Dunkle auf der rechten Seite sind die Schienen«, fiel ihm Günther ins Wort.

»Ja«, Uli nickte. »Und der Beutel war Herrn Keller so wichtig, daß er ihn extra fotografiert hat.« Günther legte nun das Bild mit dem jungen Mann daneben, der sich gerade bückte.

»Und hier versucht der Kerl, das Bündel aufzuheben.«

»Ja, Günther. Und da hat ihn der Keller geblitzt, und danach das Bündel noch aus der Nähe fotografiert.«

»Und wo ist der Kerl denn hin, Uli?«

»Vielleicht ist er abgehauen...«

»Und das letzte Bild?« Günther hatte diese Worte ganz langsam gesprochen.

Uli holte tief Luft und sprach dann leise, fast unhörbar: »Das hat Herr Keller gemacht, als er hinabstürzte...«

»Dann hat ihn also der Kerl runtergeschmissen!«

»Das muß nicht sein, Günther. Es ist doch eigenartig, daß er das Bündel hier...«, Uli deutete auf die Aufnahme, »... in aller Ruhe geknipst hat. Ist doch gar nicht verwackelt.«

»Stimmt, das ist die beste Aufnahme überhaupt«, bestätigte Günther.

»Ich denke«, erklärte Uli weiter, »daß Herr Keller den jungen Mann verfolgt hat. Auf der Brücke hat er ihn geknipst; dann ist der Kerl getürmt; Herr Keller hat das Bündel fotografiert und dann...«, Uli zuckte die Schultern, »... und dann ist irgend etwas geschehen. Etwas, das wir wirklich nicht wissen.«

»Aber rauskriegen sollten, Uli!«

Die beiden Jungs sahen sich in die Augen. Was war nun zu tun?

Uli überlegte ganz ruhig. Er hatte seinen Entschluß wahr gemacht: Sobald sie etwas Wichtiges finden würden, hatte er zur Polizei gehen wollen. Diese Aufgabe nahm ihnen jetzt Günthers Lehrer ab. Alles andere waren nur Vermutungen. Warum sollten sie nun nicht noch ein wenig weitersuchen?

Günther schaute sich nochmals die Aufnahme mit dem Bündel zwischen den Eisenbahnschwellen an.

»Du, Uli!« sagte er plötzlich. »Schau mal. Hier!« Günther zeigte auf eine der Holzschwellen. »Siehst du das, Uli?«

»Ja, sieht aus, als wenn da ein langer Spalt wäre oder so. Aber das kann auch täuschen. Vielleicht ist es nur ein Schatten?«

»Uli, ich sage dir, was wir jetzt machen!«

»Was denn?«

»Wir gehen zur Brücke und sehen nach!«

»Hm – und was sagen deine Eltern dazu? Es ist doch schon dunkel.«

»Das krieg ich schon hin!«

Sie sprangen auf, eilten die Treppe hinunter, und Günther öffnete die Küchentür. Hoffentlich war seine Mutter schon mit der Stallarbeit fertig. »Mutti?«

»Ach, Günther, gut, daß du kommst. Ich war im Stall. Hab' gar nicht mitgekriegt, daß ihr da seid. Ein Mädchen hat heute nachmittag schon zweimal angerufen, aber ihr wart ja nicht da. Meggi heißt sie.«

»Meggi hat angerufen?« Uli konnte es kaum glauben. »Was wollte sie denn?«

»Sie ruft heute abend noch mal an, hat sie gesagt«, erklärte Günthers Mutter weiter.

»Sollen wir sie anrufen, Uli?«

»Ach, warten wir ruhig«, antwortete Uli, der mit seinen Gedanken bei den Bildern und der Brücke war, »ich habe die Nummer nicht im Kopf.«

»Du ... Mutti ...«

Günthers Mutter schaute ihn an. Diesen Klang in der Stimme ihres Sohnes kannte sie.

»Dürfen wir noch ein bißchen in den Wald, Mutti?«

»Jetzt? Es ist schon dunkel.«

»Aber das macht doch nichts. Wir möchten so gern . . .«

»Na, meinetwegen, aber nimm Karo mit – und paßt auf!«

»Wir sind doch keine kleinen Kinder mehr, Mutti . . .«

Schnell hatten sie mit Karo an der Leine den Bauernhof hinter sich gelassen.

Günthers Gedanken waren bei seinem Freund Willi und dessen Vater. Ob sie nun die Lösung fanden? Damit würde Herr Keller zwar nicht wieder lebendig, aber . . .

Wie das wohl war: Sterben? Und – ob es dann wirklich weiterging, wie manche behaupten?

Uli merkte, daß Günther ganz nachdenklich geworden war. »Was ist denn mit dir los?« fragte er deshalb lächelnd.

»Ach – ich dachte nur gerade, ob das stimmt, daß es nach dem Tod weitergeht? Wo Herr Keller jetzt wohl ist?«

Uli merkte, daß er jetzt von Jesus reden konnte. »In der Bibel steht, daß wir Menschen nach dem Tod weiterleben. Zwar nicht mehr mit unserem Körper, der verfault ja im Grab, sondern mit einem neuen ›Leib‹.«

Nur gut, daß sie in einer der letzten Jungscharstunden darüber gesprochen hatten, sonst hätte Uli jetzt wohl kaum eine Antwort gehabt.

»Und wer mit Jesus auf dieser Welt gelebt hat«, fuhr er fort, »der wird für immer bei Jesus sein.«

»Und wer ohne Gott gelebt hat«, ergänzte Günther grinsend, »der kommt in die Hölle und wird gebraten – oder wie?«

»Nein – die Hölle ist ganz anders, Günther. Ich kann das auch nicht so erklären, aber – da ist man einfach von Gott getrennt.« Uli suchte nach den richtigen Worten. »Weißt du, Günther, Gott ist die Liebe. Du kannst dir die Hölle vielleicht so vorstellen: Es gibt keine Liebe mehr. Jeder denkt nur noch an sich – aber es ist viel schlimmer, als es manchmal schon auf der Erde passiert.«

»Und ...« Günther war das Grinsen vergangen. Es war ja auch ein etwas verlegenes Grinsen gewesen. Er zögerte mit der Frage. »Äh – mal ganz ehrlich, Uli. Du glaubst doch an Jesus, das hab' ich schon mitgekriegt – hast du keine Angst mehr vor dem Tod?«

Uli mußte lächeln.

»Weißt du, unser Jungscharleiter hat uns das so erklärt: Wenn man stirbt, dann ist das so, als wenn man diese Welt verläßt und in eine andere geht. Man geht gleichsam nur durch eine Tür. Ich weiß zwar auch nicht genau, wie es im Himmel ist, aber ich weiß, daß der Herr Jesus hinter der Tür steht und auf mich wartet.«

Uli überlegte, was er noch sagen konnte.

»Das einzige, vor dem ich manchmal ein wenig Angst habe, ist das Sterben. Ich meine das, bevor man tot ist. Ich ...«

»Wie das wohl ist«, unterbrach ihn Günther, »wenn man so daliegt und stirbt.«

Er schluckte. Günther war dabeigewesen, als seine Großmutter gestorben war. Alle hatten gesagt, sie sei einfach eingeschlafen; aber er hatte gemerkt, daß das ganz anders war als das Einschlafen am Abend. »Ich kann mir das auch nicht vorstellen, wie es ist, wenn man stirbt, aber ...«, Uli holte tief Luft, »... aber im Psalm 23 heißt es: ›Und wenn ich schon wanderte durchs finstere Todestal, bist du doch bei mir.‹ – Ich bin sicher, daß Jesus mich nicht im Stich lassen wird, wenn ich ihn so nötig habe wie beim Sterben.«

Günther nickte schweigend. Mit Jesus leben, das konnte sich lohnen, dachte er kurz. Doch im Augenblick ...?

Auch Uli schwieg jetzt. Er wußte nicht recht, wie er

das begonnene Gespräch fortsetzen sollte. Vielleicht war es ja auch besser, jetzt zu schweigen und Günther seinen Gedanken zu überlassen? Still betete Uli für seinen Freund: Herr Jesus, schenke doch, daß Günther dich auch als Herrn annimmt und dir vertraut.

So kamen sie der Eisenbahnbrücke immer näher.

Gespenstisch ruhig lagen die Gleise vor ihnen. Finster hoben sich die Tannen hinter der Brücke gegen den dunklen Himmel ab. Der Abend war klar, über ihnen war das Firmament mit unzähligen glitzernden Sternen übersät, und auf der anderen Seite der kleinen Schlucht leuchtete fahl und kalt die schmale Mondsichel.

Günther und Uli hatten sich warm angezogen, denn es war noch kälter geworden. Ein schneidender Wind erinnerte daran, daß es nur noch wenige Wochen bis Weihnachten waren. Doch an dieses Fest dachten die beiden Jungs jetzt natürlich nicht.

»Also, dann wollen wir mal!« Uli nahm seine Taschenlampe noch fester in die Hand.

Günther nickte und hielt Karos Leine ganz kurz, daß der Hund direkt neben ihm stand.

»Wir müssen eine Schwelle suchen, die einen länglichen Spalt hat oder so.«

Uli stimmte schweigend zu.

Langsam betraten sie die Gleise und schauten suchend nach vorn und hinten. Ohne daß sie darüber redeten, standen beiden die Worte des Lehrers vor Augen: »Aber ihr geht mir nicht mehr auf die Brücke – verstanden?«

Sie vermieden es deshalb, das Schild auch nur anzuleuchten: »Betreten der Gleise verboten!«

Doch was sollte geschehen? Sie hatten ja nach Zügen geschaut und würden auch weiterhin aufpassen . . . Bestimmt war es nur die unheimliche Atmosphäre, die solch ein komisches Angstgefühl aufkommen ließ. Aufmerksam betrachteten sie jede Eisenbahnschwelle im Schein der Taschenlampe. Uli nahm sich die linken Schwellen der zweigleisigen Strecke vor, während Günther das rechte Gleis untersuchte.

So kamen sie Schritt für Schritt vorwärts. Es war schon ein unheimliches Gefühl, nachts allein auf dieser hohen Brücke, mitten im Wald. Daß Karo dabei war, änderte wenig. Doch beide versuchten, alle Gedanken daran zu verscheuchen!

»Ich hab' sie, Uli!«

Günther hatte sich gebückt und deutete auf einen langen auffälligen Spalt in der vor ihm liegenden Schwelle. Im schwachen Licht der Taschenlampe befühlten und betrachteten sie das Holz.

»Ja, Günther, das ist die Holzschwelle vom Bild.« Vorsichtig trat Uli an das Eisengeländer und schaute hinunter. Ihm lief eine Gänsehaut über den Rücken. Wie hatte es geschehen können, daß Herr Keller hinuntergestürzt war? überlegte er.

»Uli!!!«

Dieser Schrei riß ihn aus seinen Gedanken.

Er schaute zu Günther und blickte dann blitzschnell in die Richtung, aus der sie gekommen waren und in die sein Freund deutete.

Es war kaum zu erkennen, aber ganz hinten aus dem Dunkel kamen drei helle Lichter auf sie zu. Sie schienen sich kaum zu bewegen, aber die Jungs wußten, daß man sich da sehr täuschte.

Sie waren etwa in der Mitte der Brücke. Sofort wechselten sie auf das andere Gleis und liefen so schnell sie konnten davon. Günther machte im Laufen Karos Leine los. »Lauf, Karo, lauf!«

Sie waren noch weit vom Ende der Brücke entfernt, als plötzlich auch vor ihnen in der Dunkelheit drei Lichter auftauchten.

»Was machen wir denn jetzt?« rief Günther atemlos.

»Wir müssen ... so schnell, wie wir können ...« Mehr brachte Uli nicht heraus.

Sie versuchten noch schneller zu rennen. Das war zwischen den Schwellen gar nicht so einfach. Im Laufen schaute Uli kurz nach links zum Geländer. Der Platz war zu schmal, dort konnten sie sich nicht in Sicherheit bringen. Sie mußten es schaffen; sie mußten die Brücke verlassen haben, ehe ... Uli dachte nicht weiter.

Sie rannten, stolperten und sahen ängstlich nach vorn und zurück. Hinter ihnen waren die Lichter schon um ein Vielfaches größer geworden.

Plötzlich begann alles um sie herum zu dröhnen. Die Brücke zitterte unter der gewaltigen Last des Güterzugs, der hinter ihnen auf dem Nebengleis heranraste. Sie eilten vorwärts.

Doch auch die drei Lichter vor ihnen wurden immer größer. Es war, als käme ein riesiges Ungeheuer auf sie zu, das nur darauf wartete, sie zu verschlingen. Fast hatten sie das Ende der Brücke erreicht, als rechts der Güterzug vorbeidonnerte. Der Fahrtwind riß sie fast um.

Vor ihnen wurden die Umrisse des anderen Ungetüms sichtbar. Daß sich die Züge gerade hier begegnen mußten!

»Günther!« Uli meinte, seine Lungen würden vor Anstrengung bersten. Günther, der vor ihm rannte, faßte mit einer Hand nach hinten und zog Uli am Arm vorwärts. Der kräftige Bauernjunge kam schneller voran als unser schmächtiger Uli.

Noch ein Meter!

Neben ihnen verließ der letzte Waggon des vorbeifahrenden Güterzuges die Brücke. Da hatte sie der andere Zug erreicht.

Zwei Schreie hallten durch die Nacht und wurden vom Getöse des Zuges verschluckt – dann lagen sie auf dem rettenden Waldboden, der unter der Last des vorbeifahrenden Personenzuges erbebte. Beide zitterten am ganzen Körper; Tränen liefen ihnen über das Gesicht, und es dauerte eine ganze Weile, bis sie sich so weit beruhigt hatten, daß sie sprechen konnten. »Das war knapp . . .«, stellte Günther fest und hob den Kopf. Noch immer atmete er schwer, und die ausgeatmete Luft blieb als weiße Wolke vor seinem Mund. Dann setzte er sich hin und kraulte Karo das Nackenfell. Der Hund war treu bei ihnen geblieben.

Uli lag noch immer auf dem kalten, feuchten Waldboden. Noch einmal durchlebte er die grauenhaften Augenblicke.

Jetzt war ihm klar, wie alles geschehen war: Herr Keller hatte die Brücke betreten, das Bündel fotografiert und dann – dann waren die Lichter aus dem Dunkel aufgetaucht.

Uli sah ihn vor sich, den einsamen Mann auf der nächtlichen Eisenbahnbrücke, wie er das Gleis wechselte und versuchte, die Brücke zu verlassen. Plötzlich war auch von vorn ein Zug gekommen. Herr Keller hatte die Zähne zusammengebissen und war gerannt, wie noch nie in seinem Leben. Und dann . . . Uli erschauderte. Es war ihm, als sähe er das schreckensbleiche, schweißüberströmte Gesicht vor sich. Der einsame Mann auf der Brücke hatte die Augen weit aufgerissen, als er erkannte, daß er es nicht schaffen würde.

Wohin? Er mußte es wagen! Der Platz zwischen Schienen und Geländer war zu schmal. Er warf sich über das Geländer und hielt sich krampfhaft fest. Doch dann erzitterte die Brücke; die Hände des erschöpften Mannes lösten sich; mit schreckgeweiteten Augen stürzte er ins Dunkel, während seine verkrampfte Hand den Auslöser der festgehaltenen Kamera drückte. Zum letzten Mal . . .

Dann verlor er den Foto, vielleicht hallte ein letzter Schrei durch die Schlucht und . . .

Uli schloß die Augen. So war es gewesen.

Kein Selbstmord! Kein Mord! Herr Keller war bei einem Unfall ums Leben gekommen.

Alles war – wie bei ihnen – so schnell im Dunkel abgelaufen, daß der Zugführer es gar nicht gemerkt hatte. Vielleicht hatte er noch einen Schatten gesehen – mehr sicher nicht...

Noch immer lag Uli auf dem Rücken. Jetzt setzte er sich auf.

»Du, Günther... – Weißt du, wie es passiert ist?«

8. Der Kommissar

Langsam standen Uli und Günther auf. Um sie war alles wieder friedlich und still. Was geschehen war, schien wie ein böser Traum.

»Und der junge Mann auf dem Bild, der hat das doch alles mitbekommen – oder was denkst du, Günther?« fragte Uli, während sie mit Karo an der Leine langsam den Hang hinunterstiegen. Im Schein der Taschenlampe suchten sie sich ihren Weg durch den Wald. »Man hat keinen zweiten Toten gefunden«, antwortete Günther. »Also muß er sich gerettet haben.«

»Und warum hat er das dann nicht gemeldet?« Uli überlegte. »Ich habe nur eine Erklärung«, sagte er kurz darauf.

»Und?«

»Das kleine Bündel! Der Kerl hat es bestimmt danach geholt. Da war wohl etwas drin, was ihn zwang, alles zu verschweigen. – Was man wissen sollte . . .« Uli starrte vor sich in den dunklen Wald. »Warum hat Herr Keller den Kerl überhaupt verfolgt . . .?«

Es war schon kurz nach zehn, als sie den Bauernhof von Günthers Eltern erreichten.

»Wo bleibt ihr denn so lange?« wollte Günthers Mutter wissen, kaum daß sie die Küche betreten hatten.

»Was ist denn mit euch los?« fragte entsetzt der Bauer, als er den beiden in die noch immer bleichen Gesichter schaute.

Die Jungen setzten sich, und Günther erzählte den Eltern kurz, was sie durchgestanden hatten. Sein Vater schüttelte nur den Kopf, als Günther geendet hatte.

Der Bauer war zu erschrocken, um noch etwas sagen zu können.

Die Bauersfrau saß bleich am Tisch und konnte es nicht fassen, daß sie in dieser Nacht fast ihren einzigen Sohn verloren hätte.

Uli fühlte sich unbehaglich, und nach einer Weile fragte er: »Äh – hat eigentlich die Meggi noch mal angerufen?« Dankbar griff Günthers Mutter den Faden auf: »Ja. Aber ihr wart ja wieder nicht da. Jetzt habe ich ihre Nummer aufgeschrieben. Ihr sollt auf jeden Fall heute noch anrufen, hat sie gesagt.«

»Ist das wahr, Meggi?« Uli schluckte und fuhr sich mit der Hand über die Stirn. Das, was er soeben von dem Mädchen gehört hatte, war kaum zu glauben. Der dritte Brief, den Meggi an den ehemaligen Lehrling Manfred Ritter geschrieben hatte, war zurückgekommen. »Adressat verstorben« stand darauf.

»Hallo, Uli – bist du noch dran?«

»Ja, ja . . .«

»Ist was? Du bist so komisch . . .«

Und nun erzählte Uli kurz, was sie jetzt wußten. Sie verabredeten, daß Meggi noch in dieser Nacht Willi anrufen sollte, um ihm alles zu berichten.

Nachdenklich kehrte Uli an den großen Tisch in der Küche zurück. Er spürte, daß er der letzten Lösung der Fragen ganz nahe war. Wahrscheinlich nur noch eine winzige Einzelheit, die ihnen fehlte.

»Na, was ist?« fragte Günther, als sich Uli hinsetzte.

»Der Brief von Ritter ist zurückgekommen.«

»Und? Wohin ist er gezogen, steht das drauf?«

»Adressat verstorben –!«

»Waas? – Der Ritter ist tot?«

Uli nickte nur. Was war nur mit ihm los? Das Gefühl war ihm seltsam vertraut. Er stand vor der Lösung, auch wenn er sie noch nicht kannte . . .

Dieses eigenartige Gefühl verließ Uli auch am nächsten Morgen nicht. Noch nicht einmal im Gottesdienst – es war ja Sonntag – konnte er es loswerden. Von ganzem Herzen dankte Uli noch mal im Gebet, daß in der Nacht alles gutgegangen war.

Auf dem Rückweg von der Kirche zum Bauernhof kam ihm plötzlich ein Gedanke.

»Du, Günther. Vermutlich kannte Herr Keller den jungen Mann auf dem Bild. Vielleicht war es ...«

Günther grinste. »Jetzt brauchst du nur noch zu sagen, es war der Ritter!«

»Wir sollten einen der anderen Ausbilder fragen, ob er den Mann auf dem Bild erkennt. Ich war doch mit Willi bei allen und weiß noch, wo sie wohnen.«

»Gut, Uli, bis zum Mittagessen haben wir noch eine Stunde Zeit. Besuchen wir doch gleich einen.«

Sie holten sich schnell auf Günthers Zimmer das Bild, auf dem man den jungen Mann am besten sehen konnte. Dann gingen sie zu einem der Ausbilder.

Dieser erkannte den Mann sofort. Es war Manfred Ritter!

Der Ausbilder wußte sogar noch mehr.

Manfred Ritter war damals aufgefallen, weil er des öfteren sehr eigenartig war. »Ganz komisch ist er manchmal gewesen«, berichtete er. »Als wenn er nicht mehr ganz bei Sinnen wäre ...«

Der Ausbilder gab ihnen auch die Anschrift von Manfred Ritters Eltern aus dem Nachbarort.

Daß Uli und die Freunde nicht früher darauf gekommen waren, sich zu erkundigen, wo die Eltern wohnten ...

Am Nachmittag klingelten Günther und Uli bei der Familie Ritter. Ein breiter, schwarzhaariger Mann öffnete.

»Herr Ritter?« fragte Uli schüchtern.

»Ja?« Das klang nicht gerade einladend.

»Entschuldigen Sie, wenn wir stören«, begann Uli vorsichtig, »aber wir wollten Sie etwas fragen, wegen Ihres Sohnes.«

»Wegen Manfred? Schon wieder?! Heute morgen war erst die Polizei da. Er ist tot und da sollte man ihn auch in Frieden ruhen lassen.«

Die Stimme des Mannes klang energisch und traurig zugleich.

»Das tut mir leid, daß er gestorben ist«, fuhr Uli fort, »aber – könnten Sie uns sagen, wie – ich meine – wieso er so jung gestorben ist?«

Der schwarzhaarige Mann verzog das Gesicht und grinste eigenartig. Dabei schien es Uli, als schimmerten Tränen in seinen Augen.

»Am Rauschgift ist er gestorben. Hat zuviel genommen...«

Uli schluckte.

»Danke schön... entschuldigen Sie die Störung... – Auf Wiedersehen.« Mehr brachte er nicht mehr heraus.

Langsam gingen sie zum Bauernhof zurück.

»Nun ist mir einiges klar...«

»Mir auch, Günther«, erwiderte Uli. »Herrn Keller ist bestimmt aufgefallen, wie komisch der Ritter war. Er wollte ihm helfen, und an dem Abend...«

Uli überlegte. Ja, so mußte es gewesen sein.

»Günther, kann es sein, daß die erste Aufnahme bei der Werkstatt aufgenommen wurde, wo Herr Keller sein Auto reparieren ließ?«

Günther überlegte kurz. »Ist schon möglich. Die Werkstatt liegt am Dorfrand. Dahinter sind Wiesen und ein Stück weiter kommt der Wald.«

Uli nickte.

»Dann war es bestimmt so: Herr Keller ließ seinen Wagen reparieren. Da kam der Ritter zur Werkstatt und unterhielt sich mit dem anderen Mann. Aus irgendeinem Grund fiel dieses Gespräch Herrn Keller auf. Er wurde mißtrauisch – vielleicht hatte er schon länger einen Verdacht – und fotografierte die beiden. Dann fuhr er dem Ritter hinterher. Der ging in die Wirtschaft ›Zum Hirsch‹ und fuhr von dort zur Brücke. Und in dem Päckchen war ...«

»... Rauschgift!« unterbrach Günther. »Aber wer hat es ausgerechnet auf die Brücke gelegt?«

»Das ist nicht so seltsam, wie es scheint. Die Rauschgifthändler müssen doch darauf achten, daß möglichst wenig Leute sie kennen.«

»Ja, klar ...«

»Also. Nun stell dir mal vor, du willst das Rauschgift jemandem zukommen lassen, ohne daß der dich kennen soll.«

Günther zog die Stirn in Falten.

»Überleg doch mal. Ich laß mal meiner Phantasie freien Lauf. Der Ritter wußte nach dem ersten Gespräch, daß er in der Wirtschaft erfahren konnte, wie er an das Rauschgift herankommen sollte. Vielleicht mußte er es auch dort bezahlen oder so. Was weiß ich ... – Auf jeden Fall erfuhr er, wo das Zeug zu finden war. Ein Treffpunkt, der nicht zu verfehlen war und bei dem ihn in der Nacht bestimmt niemand sehen konnte.«

»Außer Herr Keller ...«

»Ja, aber der hat's ja auch nur gefunden, weil er den Ritter verfolgte.«

»Und wie kam das Rauschgift ausgerechnet mitten auf die Brücke? Die Holzschwelle mit dem Spalt, das war doch fast in der Mitte. Die hätten's doch auch am Anfang oder am Ende hinlegen können. Mitten auf der Brücke, das war doch gefährlich – wie wir ja gemerkt haben!«

»Natürlich, Günther. Aber erstens haben die wahrscheinlich nicht gewußt, daß sich da zwei Züge mitten auf der Brücke kreuzen, und zweitens haben die das Zeug ja auch nicht direkt hingelegt.«

Verständnislos schaute Günther ihn an.

»Bist du schon mal Zug gefahren?« fragte Uli nun.

»Ja – na klar!«

»Und«, Uli grinste, »warst du da schon mal auf dem Klo?«

»Freilich.«

Auf einmal ging Günther ein Kronleuchter auf. »Du meinst?«

»Genau! Die haben das Bündel einfach ins Klo geschmissen, als der Zug die Brücke erreicht hatte. Dann ist es auf die Gleise gefallen und...«

»... den Rest kennen wir ja.« Günther kratzte sich am Kopf. Das ist vielleicht 'ne tolle Geschichte, dachte er staunend.

Inzwischen hatten sie den Bauernhof erreicht.

»Da seid ihr ja endlich wieder!« Günthers Vater erwartete sie schon. »Ihr sollt heute nachmittag noch zur Polizei gehen. Die wollen eine Aussage von euch haben, weil ihr doch den Foto gefunden habt.«

»Waren die hier?«

»Ja, mein Sohn. Ein Streifenwagen auf unserem Hof! – So was haben wir noch nie erlebt! Am Ende machst du uns noch berühmt!« Dabei fuhr er ihm durch die Haare.

»Wenn dir der Uli erst noch erzählt, was er mir gerade klargemacht hat, dann staunst du erst richtig, Vati...«

Und Günther hatte recht. Als Uli später erzählte, wie alles gewesen sein mußte, vergaß der Bauer fast, daß es Abend war und die Stallarbeit wartete...

»Und...«, die Stimme von Günthers Vater klang fest, »... und warum hat Gott das alles zugelassen, Uli?« Er hatte gesehen, daß Uli bei jedem Essen still für sich betete, und da er nicht an Gott glaubte, benutzte er nun diese Gelegenheit, um sich mit Uli einmal über den Glauben zu unterhalten.

Uli wurde vor Schreck rot. Was sollte er auf diese Frage antworten?

»Ja, Uli. Warum hat Gott das zugelassen, daß Herr Keller sterben mußte, obwohl er doch eigentlich dem Ritter nur helfen wollte. Wieso hat es nicht den Ritter erwischt, und Herr Keller ist am Leben geblieben? Das wäre doch viel gerechter!«

Warum? Warum? – Uli überlegte ... Herr Jesus, hilf mir doch! betete er in Gedanken. Plötzlich fiel ihm ein Bibelvers ein, den die jungen Leute in der Kirche vorgelesen hatten: »Wir wissen aber, daß denen, die Gott lieben, alle Dinge zum Besten dienen.« Uli wußte nicht, ob Herr Keller mit Jesus gelebt hatte, dennoch fand er hier die Antwort.

»Wissen Sie«, begann er langsam und überlegend, »ich glaube, das ist so: Wir können bestimmt nicht alle Fragen beantworten. Ich verstehe auch nicht, warum Herr Keller sterben mußte. Aber ich weiß, daß Gott uns liebt. Deshalb muß doch alles, was geschieht, irgendwo gut für uns sein. Gott hat das versprochen. – Natürlich muß er uns bestrafen, wenn wir ihn ablehnen. Es gibt sicher auch ein Handeln Gottes an uns, das – äh, ich meine das Gericht über unser Leben sein kann«, fuhr Uli leise fort. »Damit will ich aber nicht sagen, daß Herr Keller Gottes Strafe mehr verdient gehabt hätte als der Manfred Ritter oder als wir alle. Ich glaube nicht, daß ein früher Tod immer eine Strafe Gottes ist.

Warum das passiert ist, weiß keiner von uns. Aber eines weiß ich sicher: Gott liebt uns so sehr, daß er statt uns zu strafen, seinen eigenen Sohn hat sterben lassen. Jesus starb für unsere Sünden. Wir hätten verdient, daß Gott jeden einzelnen von uns so hart bestraft. Aber er ließ uns laufen, und Jesus nahm die

Strafe auf sich. Wir müssen ihm nur sagen, daß wir zu ihm gehören wollen und daß er uns doch alle Schuld vergeben möchte.«

»Das ist ja fast so wie auf der Brücke«, murmelte Günther auf einmal. »Der Schuldige, der Manfred Ritter, bleibt am Leben, während der unschuldige Herr Keller sein Leben lassen muß ...«

Uli nickte. »Ja, vielleicht kann man es so leichter verstehen.«

Gott hat mich lieb! dachte er fröhlich – und egal, was mit mir geschieht, ich weiß, daß es gut für mich ist, weil ich ihn auch liebe.

Als Willi und seine Mutter am späten Sonntagabend kamen, um ihn abzuholen, berichtete Uli noch einmal ausführlich, was er herausgefunden hatte. Immer wieder schüttelte Frau Keller den Kopf und konnte nicht glauben, was sie zu hören bekam. Ihr Mann war verunglückt! Es war ihr, als löse sich der Panzer, der sich um ihre Brust gelegt hatte und der sie manchmal fast erstickte. Sie konnte plötzlich wieder frei atmen.

Zwar hatte ihnen Meggi schon einiges erzählt, aber es war so unklar gewesen, daß sie sich einfach kein Bild machen konnten.

Die Polizei hatte Ulis Vermutungen bestätigt. Durch den gefundenen Film gelang es, nicht nur den Tod von Herrn Keller aufzuklären, sondern man kam dadurch auch einigen Rauschgifthändlern auf die Spur.

»Tja«, murmelte Willi leise, als Uli alles erzählt hatte, »der Uli ist eben doch ein Kommissar ...!«

Wochen später erzählte Willi den Freunden, daß er und seine Mutter wieder in ihren Heimatort ziehen wollten.

»Schade«, murmelte Uli. »Aber ist zu verstehen ...«

»Wir haben hier immer Heimweh gehabt – und ...«, Willi lächelte, »... nachdem jetzt alles geklärt ist ...«

Mehr brauchte er nicht zu sagen, die Freunde verstanden ihn auch so.

Hätte Willi allerdings geahnt, was sich kurz vor den nächsten großen Ferien ereignen sollte – vielleicht hätte er seine Mutter überredet, den Umzug zu verschieben . . .

Ein Zeuge weiß zuviel

1. Kein ganz normaler Vormittag

Gedankenverloren schlenderte Uli den Gehweg entlang. Nur noch wenige Tage, dann begannen die großen Ferien. Über das Zeugnis brauchte er sich keine großen Gedanken zu machen.

Wie jedes Jahr würde es wieder ausgezeichnet sein – vom Fach Sport einmal abgesehen.

Bei seinen Freunden sah es da ganz anders aus. Doch dank Ulis Lernhilfe würde keiner sitzenbleiben. Auch nicht Muck und Banni, bei denen es zuletzt ganz schön knapp gewesen war.

Seit fast 200 Metern schon ging Thomas neben Uli her. Doch dieser merkte nichts von dem, was um ihn herum geschah.

Morgen – d.h. in genau 32 Stunden – würde Marion kommen. Sie hatte schon schulfrei, da sie hoch im Norden wohnte, und dort die Ferien früher begonnen hatten.

Seit Ulis Ferienaufenthalt und ihrem gemeinsamen Abenteuer (siehe: Uli und der Rote Hahn), hatten sie sich regelmäßig geschrieben. Und nun wartete Uli sehnsüchtig auf das Wiedersehen. Ob sie sich sehr verändert hatte? Wie sie nun, nach einem Jahr, aussah? Ob sie sich immer noch so gut verstanden wie damals?

»Guten Morgen, Kommissar!« tönte es plötzlich neben ihm. Uli zuckte zusammen. Thomas war es endlich zu bunt geworden, die ganze Zeit neben Uli herzulaufen, ohne beachtet zu werden.

»Ich . . . ich . . . äh . . .«, stotterte Uli.

Thomas mußte lachen.

»Du bist ja ganz durcheinander! – Ein neuer Kriminalfall???«

Uli schüttelte den Kopf.
»Nee, davon habe ich die Nase voll!«
»Das sagtest du schon öfter...«, bekam er zur Antwort.

Im Schulhof waren die anderen schon vollzählig versammelt.
Pepp und Muck lehnten am Schulzaun, Meggi und Radieschen schwatzten eifrig miteinander. Banni war der erste, der Uli und Thomas entdeckte. Sogar ihm fiel auf, daß den »Kommissar« etwas beschäftigte. Kaum waren die beiden näher gekommen, fragte Banni auch schon:
»Mensch, Uli, was geht dir denn heute durch den Kopf?«
Ehe Uli antworten konnte, schaltete sich Radieschen ein.
»Der sieht aus, als wenn er verliebt wäre...«
Uli lief puterrot an; holte tief Luft und schaute so böse zu Radieschen, daß Banni das Gesicht verzog. »Oh...oh...«
»Wie kommst du denn auf so was?« fragte Uli ärgerlich. Radieschen grinste.
»So wie du gucken die im Fernsehen auch immer, wenn sie verliebt sind.«
Verwirrt suchte Uli nach den richtigen Worten.
»...ich glaube, du guckst zuviel in die Röhre – hast ja schon ganz eckige Augen!«
Alle lachten, und Uli atmete auf. Die Situation war ganz schön peinlich gewesen. Gut, daß Radieschen nicht daran gedacht hatte, daß Marion zu Besuch kam. Uli hatte es nämlich vor ein paar Tagen erwähnt. Und seine Freunde waren natürlich auf das Mädchen gespannt, mit dem er so viel erlebt hatte. In diesem Augenblick klingelte es. Der Unterricht begann.

In der zweiten Stunde hatten sie Geschichte. Zuletzt war der Dreißigjährige Krieg behandelt worden. Heute sollte alles wiederholt werden. Der Geschichtslehrer wollte dabei die letzten mündlichen Noten machen.

Ausgerechnet Banni wurde als erster an die Tafel gerufen.

»Georg«, begann der Lehrer, »wir haben uns mit dem Dreißigjährigen Krieg beschäftigt. Kannst du mir sagen, wann er begann?«

Banni wurde blaß. Seine sonst schon helle Haut wirkte weiß.

»Äh...«, begann er, »der Dreißigjährige Krieg...« Da fiel ihm ein, daß er vor kurzem in den Nachrichten gehört hatte, daß seit gut 40 Jahren in Deutschland Frieden war. Blitzschnell rechnete er: ...40 Jahre... davor 30 Jahre Krieg...

»... er begann etwa 1915!«

Puh, das war geschafft!

Die ganze Klasse bog sich vor Lachen. Auch Bannis Freunde mußten mitlachen. Nur seine Schwester Radieschen schlug sich mit der flachen Hand an die Stirn und schüttelte den Kopf. So etwas konnte nur ihrem Bruder Georg passieren...

Nun hatte auch Banni gemerkt, daß irgend etwas verkehrt gewesen war. Er verzog das Gesicht zur berühmten Bananenform und öffnete den Mund. Aber ehe sein »Oh...oh...« zu hören war, sprach ihn der Geschichtslehrer an. Seine Stimme klang ruhig, ein wenig zu ruhig.

»Nu gut, Georg. Zahlen sind nicht jedermanns Stärke...«

Banni nickte und lächelte.

»Hast du schon einmal etwas von der sogenannten ›Liga‹ gehört, Georg?«

Bannis Lächeln wurde breiter. Natürlich hatte er schon von der »Liga« gehört! Er schluckte kurz und begann: »In der Bundesliga...«

»Georg!!!« schrie ihn der Lehrer an.

Vor Schreck fuhr Banni zusammen.

»Willst du mich auf den Arm nehmen? – Was ist los mit dir?«

Niemand in der Klasse wagte zu lachen. So ein Blödsinn von Banni . . .

Der schaute völlig verständnislos zu Boden.

Plötzlich dämmerte es ihm: Dreißigjähriger Krieg – die katholische Liga und die evangelische – wie hieß sie noch einmal? – ja, die evangelische Union.

»Entschuldigen Sie, ich habe wohl etwas durcheinandergebracht«, meinte Banni kleinlaut.

»Den Eindruck habe ich auch!«

»Verschiedene katholische Gebiete gründeten damals die sogenannte Liga . . .«, begann Banni nun flüsternd.

»Und . . .?« Der Geschichtslehrer war mit seiner Geduld am Ende.

»Auf der anderen Seite vereinigten sich die Evangelischen zur Union, und . . .«

»Und was?«

». . . und so kam es zum Krieg.«

Banni sank in sich zusammen. Hoffentlich war die Folter bald beendet.

»So kam es zum Krieg. – Na ja. Mir scheint, du hast zwar nicht alles verschlafen – aber daheim nachgelesen hast du's bestimmt nicht!«

Die Augen des Geschichtslehrers sprühten Funken. »Bis übermorgen lasse ich dir Zeit. Dann gibst du mir einen genauen schriftlichen Bericht über den Dreißigjährigen Krieg ab. Wenigstens zehn DIN-A4-Seiten. Schön eng beschrieben. In Schönschrift, versteht sich! Und wehe dir, wenn ich da ein Wort von der Bundesliga lese . . .!«

Mit gesenktem Kopf stand Banni vor der Klasse. Puh! Zehn Seiten! Engbeschrieben! Schönschrift!

»Du kannst dich setzen, Georg!«

Banni schlich zu seinem Platz und plumpste auf den Stuhl.

Der Lehrer rief jemanden anders auf.

Banni hörte nicht mehr zu. Zehn Seiten – und draußen schien die Sonne. Herrlichstes Wetter...

Der restliche Vormittag verlief ganz normal. Aber alle freuten sich, als die letzte Stunde begann. Musik. Da sie im Moment neuzeitliche Schlager durchnahmen, bestand die ganze Musikstunde darin, daß sie Schallplatten lauschten und sich dazu kurze Kommentare anhörten.

Das war gerade das richtige für die letzte Stunde. Außerdem lagen die Temperaturen seit einigen Tagen knapp unter »hitzefrei«. Da wollte jeder so schnell wie möglich ins Freie!

Als sich die Tür öffnete, interessierte sich die Klasse nur für die Anzahl der Platten, die die Lehrerin dabeihatte.

Es war wieder ein dicker Stapel.

Doch dann fiel allen – sogar Banni – der Gesichtsausdruck der Lehrerin auf. Irgend etwas war faul. Hinter ihr kam ein großer schlanker Mann ins Klassenzimmer. Seine Haare waren kurzgeschnitten, und er machte einen ruhigen, gepflegten Eindruck. Uli kam dieser Mann bekannt vor. Aber er wußte nicht, wann und wo er ihn schon einmal gesehen hatte.

Es war mucksmäuschenstill geworden.

Die Musiklehrerin legte die Schallplatten auf das Pult und schaute dann die Klasse an.

Der Mann ließ die ganze Zeit über seinen Blick von einem zum anderen schweifen. Er hatte freundliche Augen – dennoch lag etwas in seinem Blick, das beängstigend wirkte.

»Bitte hört einmal her!« begann die Lehrerin.

Das war unnötig. Sie waren sowieso ganz Ohr.

»Ihr habt sicher schon gemerkt, daß Bettina Becker heute in der Schule gefehlt hat.«

Klar, aber war daran etwas Besonderes? Sicher war sie krank – oder ...

»Bettina ist am letzten Samstag nach der Schule nicht nach Hause gekommen«, fuhr die Lehrerin mit etwas unsicherer Stimme fort. »Und seit gestern steht fest, daß ... – äh, am besten sagt euch das Herr Meier selbst.«

Der schlanke Mann neben ihr nickte und trat einen Schritt auf die Klasse zu.

»Mein Name ist Meier«, begann er. »Ich bin von der Kriminalpolizei. Seit gestern steht ziemlich sicher fest, daß Bettina entführt wurde.«

Ein Raunen ging durch die Klasse.

Kriminalkommissar Meier wartete einen Augenblick, ehe er weitersprach.

»Wir brauchen eure Hilfe. Sicher seid ihr bereit, uns zu helfen – oder?«

Ein Lächeln huschte über sein Gesicht, als er das zustimmende Nicken aller Kinder sah.

»Ist irgend jemand von euch etwas Besonderes aufgefallen? Wer hat Bettina am Samstag zuletzt gesehen?«

Meggi meldete sich.

»Ja?«

»Ich weiß natürlich nicht, ob ich sie zuletzt gesehen habe, aber – äh – wir hatten am Samstag in der letzten Stunde Turnen.«

Der Kommissar nickte.

»Und danach mußten wir uns ja wieder umziehen. Bettina war als eine der letzten fertig. Ich sah, wie sie dann rausging und wie immer Richtung – na ja, eben nach Hause ging.«

»Vielen Dank! – Wer hat sie danach noch gesehen?«

»Ich!« Pepp sprang auf.

»Ja?«

»Mein Bruder und ich wohnen ganz in der Nähe von Bettina.«

»Wo wohnt ihr denn?« unterbrach ihn der Kommissar.

»Im Industriegebiet.«

»Wo genau?«

Herr Meier zog ein kleines Notizbuch aus der Tasche und schaute Pepp fragend an.

»Industriestraße 15. Elektrogroßhandel Strohmann GmbH. Alles für Ihren Elektrobedarf«, kam es wie aus der Pistole geschossen.

Der Kommissar lächelte und schrieb die Anschrift auf.

»Und wo hast du Bettina gesehen?«

»Beim Abenteuerspielplatz. Sie war bei der großen Schaukel.«

»Wann war denn das?«

»Na, direkt nach der Schule, sie hatte ja auch die Schultasche dabei.«

»Bist du dir ganz sicher, Herr Strohmann junior?«

Pepp nickte.

»Mein Bruder kann es ja bestätigen!«

Muck stand nun auch auf.

»Das stimmt. Ich habe sie noch gefragt, ob wir uns am Nachmittag im Freibad treffen würden.«

»Und was hat sie geantwortet?«

Die Augen des Kommissars hatten einen stechenden Ausdruck bekommen.

»Ja, vielleicht, hat sie gesagt. Wenn nichts dazwischenkommt.«

»Ist dir irgend etwas Besonderes an ihr aufgefallen?«

»Nöö, nichts.« Muck schüttelte den Kopf.

»Danke, vielen Dank! – Hat sie jemand von euch danach noch gesehen?«

Es blieb still in der Klasse.

Ulis Gedanken überschlugen sich. Er schloß kurz die Augen, um sich Bettina vorzustellen: schlank, blonde kurze Haare, ein lachendes Gesicht. – Viel wußte er nicht von ihr. Nur noch, daß sie einen etwa zwanzigjährigen Bruder hatte. Uli war einmal bei ihr gewesen, um etwas vorbeizubringen. Damals hatte er ihn gesehen.

Und jetzt war Bettina entführt worden. Ausgerechnet aus seiner Klasse!

Nun wußte Uli auch, woher er Herrn Meier kannte. Der hatte sie verhört, als sie die Sache mit dem gestohlenen Mercedes erlebt hatten (siehe: Uli kann's nicht lassen!).

»Wenn jemand von euch noch etwas einfällt«, sagte der Kriminalkommissar gerade, »dann gebt mir bitte sofort Bescheid. Das ist meine Telefonnummer . . .«

Er drehte sich um und schrieb sie an die Tafel.

Nach Schulschluß versammelten sich die Freunde um Uli.

»Na«, Radieschen grinste, »nun kannst du wieder mal zeigen, was du kannst!«

Uli schüttelte den Kopf.

»Auf gar keinen Fall! Diesmal nicht. – Wenn ich etwas verkehrt mache, bringen sie Bettina am Schluß noch um. Und ich wäre schuld. Außerdem, wie sollte ich denn hier etwas rausbekommen . . .?«

»Und wenn du nichts unternimmst und sie Bettina umbringen«, Radieschen sprach sehr eindringlich, »dann bist du genauso daran schuld!«

Uli schüttelte nochmals den Kopf.

»Ich meine«, schaltete sich Pepp ein, »du hast recht, Uli. Das ist eine gefährliche Sache. – Aber Radieschen hat auch recht. Du solltest dich darum kümmern. Sehr, sehr vorsichtig natürlich. Und wir helfen dir!«

»Und so ganz geheim kann doch alles gar nicht sein«, fügte Muck hinzu, »sonst wäre der Kommissar nicht in der Schule vor der ganzen Klasse aufgetaucht.«

»Aber wie soll ich anfangen . . .?« fragte Uli schon halb überzeugt.

Radieschen lachte ihn an.

»Das dürfte für unseren Meisterdetektiv kein Problem sein!«

Pepp blickte nachdenklich zu Boden.

»Am besten besuchen wir heute nachmittag Bettinas Eltern . . .«

Uli schwirrte der Kopf. Nun ging es doch wieder los – und morgen kam Marion!

2. Erste Informationen

Am Nachmittag gingen Radieschen und Uli zu Bettinas Eltern. Die Siedlung am Rande des Industriegebiets bestand aus älteren und wenigen neuen Ein- und Zweifamilienhäusern mit sorgsam gepflegten kleinen Gärten.

Nachdem Uli geklingelt hatte, dauerte es einige Minuten, bis sich die Haustür öffnete.

Frau Becker stand mit verweinten Augen vor ihnen.

»Was wollt ihr?« fragte sie unsicher.

»Könnten wir mal mit Ihnen reden?« antwortete Uli.

Doch ehe die Frau etwas erwidern konnte, wurde die Tür ganz geöffnet. Ein breitschultriger Mann erschien im Türrahmen.

»Also, was ist?«

Seine Stimme klang unfreundlich.

»Wir wollten uns erkundigen, was mit Bettina eigentlich passiert ist«, sagte Uli forsch.

»Wir sind nämlich aus ihrer Klasse«, fügte Radieschen schnell hinzu.

»Ihr habt es ja in der Schule gehört. Am besten geht ihr wieder nach Hause! – Verstanden?«

Das war deutlich!

»Ja, aber ...« So einfach wollte sich Uli nicht wegschicken lassen.

Bettinas Mutter sah ihm traurig in die Augen.

»Es ist schön, daß ihr euch nach Bettina erkundigen wollt. Aber geht nur nach Hause. Es wird schon alles gut werden ...«

Schluchzend drehte sie sich um. Dann schloß sich hinter ihr die Tür.

Alles ging so schnell, daß Radieschen es kaum fassen konnte.

»Mensch! Was ist denn hier los?«

»Na, Radieschen. Ist doch klar. Die Polizei überwacht hier alles.«

»Aber irgend etwas hätten sie uns sagen können . . .!«

Uli zog sie tröstend mit: »Komm schon.« Er war nicht böse, daß sie nichts erfahren hatten. Wer wußte denn, wie sich alles weiterentwickeln würde?

Und außerdem: Morgen nachmittag, nur noch knapp 24 Stunden! – dann kam Marion . . .

Radieschen und Uli hatten gerade das Grundstück verlassen, als beide zusammenfuhren.

»Das ist aber nett, daß ihr nach eurer Klassenkameradin sehen wolltet!«

Die Stimme klang schrill. Viel zu hoch, viel zu laut – und vor allem viel zu schnell!

Hinter dem Gartenzaun des Nachbargrundstücks stand eine Frau. Kaum zu glauben, daß sie ihnen nicht gleich aufgefallen war. Sie war groß und unwahrscheinlich dick. Ihr Gesicht wirkte aufgeschwemmt. Kleine, zwischen dicken Fettpolstern versteckte Augen waren neugierig auf Radieschen und Uli gerichtet.

»Hat's euch die Sprache verschlagen?« Der Mund bewegte sich mit ungeheurer Geschwindigkeit.

Erst jetzt hatte sich Uli wieder soweit gefaßt.

Die Frau mochte aussehen, wie sie wollte, und so schnell reden, wie sie konnte – sie war die Nachbarin! Und offensichtlich beobachtete sie alles, was sich abspielte.

»Wir wollten uns erkundigen, was eigentlich passiert ist«, begann er zögernd.

»Entführt ist sie worden, das arme Ding!«

»Ja, das wissen wir auch schon.« Radieschen hatte die neue Situation noch nicht erfaßt. Sie war immer noch verärgert, daß sie bei Bettinas Eltern nichts erfahren hatten.

»Äh«, Uli kratzte sich am Ohr, »könnten Sie uns mehr erzählen?«

Ein Leuchten huschte über das Gesicht der dicken Frau. Sie nickte. Der unförmige Körper schien sich plötzlich zu straffen.

»Wenn ihr möchtet. Aber ...«, sie schaute zum Haus von Bettinas Eltern hinüber, »... vielleicht ist es besser, wir gehen dazu in mein Wohnzimmer. Sonst heißt es wieder, ich würde tratschen und mich in Dinge einmischen, die mich nichts angehen.«

Frau Homfeld (so hieß die Frau) führte Uli und Radieschen ins Haus.

Auf jedem Tisch, auf jedem Schrank – überall standen Süßigkeiten. Und bestimmt nicht nur zum Ansehen.

»Bitte nehmt Platz. – Also ...«, Frau Homfeld blickte Uli direkt ins Gesicht.

»Am Samstag kam Bettina nicht wie üblich von der Schule. Zuerst dachten die Eltern, sie würde sich noch irgendwo aufhalten – ich habe es gehört, weil das Küchenfenster offenstand und sie sehr laut miteinander geredet haben. Außerdem habe ich sehr gute Ohren. Also, sie dachten, Bettina wäre bei einer Freundin, oder so.

Doch am späten Nachmittag war sie immer noch nicht da. Und als alle Telefonate mit den Freundinnen nichts brachten, machten sich Beckers ernsthafte Sorgen. Am Abend haben sie dann die Polizei eingeschaltet.«

Frau Homfeld holte tief Luft und schob sich einen Riegel Schokolade in den Mund.

Uli sah sich ein wenig im Wohnzimmer um. Außer den Süßigkeiten fielen ihm mehrere Bilder auf: alte Fotografien. Sie zeigten immer den gleichen jugendlichen Mann. Meistens hatte er eine Soldatenuniform an.

Ein Bild erregte Ulis besondere Aufmerksamkeit. Es war ein Hochzeitsbild. Neben dem Mann stand eine hübsche, etwas mollige Braut. Uli studierte das Gesicht. Kein Zweifel! Diese hübsche Frau war ihre Gastgeberin.

Die hatte Uli beobachtet.

»Das ist unser Hochzeitsbild«, sagte sie leise. Ihre Stimme klang auf einmal warm und herzlich. »Wir haben geheiratet und schon . . .«

Die Frau wischte sich über die Augen.

»Aber ihr wollt ja wissen, was mit eurer Freundin Bettina passiert ist – und ich fange mit persönlichen Dingen an.«

Offensichtlich lebt ihr Mann nicht mehr, ging es Uli durch den Kopf.

»Die ganze Nacht ist die gute Frau Becker im Zimmer ihrer Tochter gesessen und hat geweint.« Uli mußte lächeln. War ihre Gastgeberin wirklich die ganze Nacht am Fenster gestanden?

»Sie hatte das Licht schwach gestellt. Die haben so einen – ach, wie heißen die Dinger gleich?«

»Dimmer?« warf Radieschen ein.

»Ja, Dimmer – danke. Auf jeden Fall, die arme Frau Becker saß da und weinte. Am liebsten wäre ich rübergegangen und hätte sie getröstet, aber . . . Vor Aufregung und Mitleid konnte ich die ganze Nacht nicht schlafen. – Und am Sonntag, das war gestern, da kam dann der Brief der Entführer.«

»Wie . . .?« Uli sah sie erstaunt an. »Ich meine: Sonntags kommt doch keine Post!«

»Ja, das hat mich auch gewundert. Aber als Bettinas Bruder Wolfgang im Briefkasten nachsah, war ein Brief drin – der Brief der Entführer.«

»Hat denn die Polizei niemand beobachtet, der den Brief nachts eingeworfen hat?« Radieschen schüttelte den Kopf.

»Woher soll ich das wissen?« antwortete Frau Homfeld. »Auf jeden Fall habe ich noch nichts davon gehört, daß sie eine Spur zu den Halunken haben.«

Uli hatte sich alles Wichtige notiert.

»Was haben die Entführer denn verlangt?« Die Frau lächelte. Offensichtlich wußte sie auch darüber Bescheid.

»Sie würden ihre Forderungen noch mitteilen, hieß es im Brief. – Bestimmt wollen sie Geld, und das, obwohl die Beckers doch überhaupt keins haben.« Ihre Stimme wurde leiser.

»Die müssen vielleicht sowieso bald ihr Haus verkaufen, weil sie mit den Schulden nicht mehr zurechtkommen. Ich habe gehört, daß ihnen sogar eine Zwangsversteigerung droht!«

»Eine Zwangsversteigerung???« Radieschens Gesicht war ein einziges Fragezeichen.

Uli sah sie an.

»Dabei wird das Haus gerichtlich, oder wie das heißt, versteigert. Und der, der am meisten dafür bezahlt, bekommt es.«

»Ja«, Frau Homfeld zog die Stirn in Falten, »aber meistens bieten die Käufer weniger, als das Gebäude wert ist. Mancher hat so schon sein Haus verloren und hatte danach noch Schulden übrig.«

»Ach ja«, erinnerte sich Radieschen. »Ich habe davon gelesen. Da kann man manchmal ein Haus zum halben Preis ersteigern.«

Uli nickte. Ihm gingen ganz andere Gedanken durch den Kopf.

Warum entführte man das Kind von Leuten, die nur Schulden hatten? Oder würden die Entführer etwas ganz anderes fordern? Aber was? Ob ihnen da Frau Homfeld weiterhelfen konnte?

»Wie wollen Bettinas Eltern denn den Entführern Geld geben, wenn sie nur Schulden haben?« fragte Uli deshalb.

»Was weiß ich? Vielleicht leiht ihnen trotzdem jemand etwas – es geht ja um ein Menschenleben. Oder sie bitten irgendeine Organisation darum – oder vielleicht hilft der Staat...?«

Betreten sah die Frau auf die Tischplatte.

»Wenn ich Geld hätte, ich würde es ihnen gleich geben...«

Uli sah, daß ihre Augen feucht wurden.

Was war das für eine eigenartige Frau?

Eines schien ihm sicher: Auch wenn sie sehr neugierig war, sie hatte ein sehr gutes Herz und war bereit, zu helfen.

Es durchzuckte ihn. Diese Frau wollte helfen, und er?

Plötzlich war alles keine Frage mehr. Er würde versuchen, etwas herauszubekommen. Und wenn die ganzen Ferien draufgehen sollten...

Schweigend gingen Uli und Radieschen nach Hause. Beide hatten gemerkt, daß Frau Homfeld im tiefsten Herzen gutmütig und hilfsbereit war.

Gewiß fiel sie ihren Nachbarn mit ihrer Tratscherei auf die Nerven, und sicher war sie immer gerade im falschen Augenblick da – aber sie meinte es nicht böse. Sie war einfach so. Oder so geworden?

Uli dachte an die Fotos. Besonders das Hochzeitsbild. Bestimmt war ihr Mann im Krieg umgekommen. Und die vielen Süßigkeiten aß sie, weil sie ganz allein war.

»Du, Uli!« Radieschen riß ihn aus seinen Gedanken. »Prima, daß wir die Frau noch getroffen haben. Ohne sie wüßten wir jetzt fast nichts.«

Uli nickte.

»Und was wirst du jetzt unternehmen?«

»Was ich jetzt mache, Radieschen? – Ich gehe nach Hause!«

Radieschen war sprachlos – was bei ihr äußerst selten vorkam.

Uli grinste.

»Wir haben fürs erste 'ne ganze Menge erfahren. Aber

wir müssen noch mehr rauskriegen. Und ich weiß beim besten Willen nicht wie und wo. – Wir könnten noch zum Abenteuerspielplatz gehen, wo Pepp und Muck sie zuletzt gesehen haben. – Aber jetzt muß ich erst mal nach Hause ...«

Uli wollte sein Zimmer aufräumen. Morgen nachmittag kam doch Marion ...

Aber daran erinnerte er Radieschen jetzt nicht.

Der nächste Schultag verlief ganz normal. Keiner der Lehrer sprach von Bettina. Nur die Schüler unterhielten sich immer wieder über sie. Uli berichtete den Freunden, was Radieschen und er herausgefunden hatten.

»Dann willst du dich also darum kümmern, Uli?«

»Ja, Pepp. Vielleicht können wir doch irgendwie helfen. Auch wenn ich große Zweifel habe, ob es diesmal möglich ist. Die Polizei schirmt alles ab – und das ist auch richtig so. Wir müssen uns ganz still verhalten. Ist euch das klar?«

»Müssen wir jetzt immer flüstern ...?« Statt einer Antwort bekam Banni einen kräftigen Rippenstoß von Pepp.

»Am besten sagt ihr niemandem etwas davon, was wir hier machen, klar?« Uli schaute in die Runde. »Vergeßt nicht, das alles ist kein Spaß; sondern es geht um Bettinas Leben!«

»Du, Uli«, Meggi sah in ernst an, »du darfst aber nicht aufgeben.«

Uli verstand sie sofort. Eigentlich war es unmöglich, etwas herauszubekommen. In einem Entführungsfall blieb alles streng geheim. Die Polizei würde ihnen sicher nichts verraten.

Außer der Nachbarin hatten sie niemanden, der ihnen helfen konnte. – Wirklich niemanden? Uli schüttelte den Kopf.

Wie lange glaubte er nun schon an Jesus? Und immer

wieder ging es ihm so. Wenn eine Schwierigkeit auftauchte, versuchte er sie zunächst ganz allein zu lösen. Erst wenn er nicht weiterwußte, dann fiel ihm Jesus ein.

Es war, als hätte Meggi seine Gedanken erraten. Sie lächelte und schaute nach oben. Uli nickte. Ohne ein Wort hatten sie sich verstanden. Sie würden beten, daß Gott half. Es ging weniger darum, daß Uli seine Fähigkeiten unter Beweis stellen konnte – es ging darum, daß Bettina nichts passierte.

Am Nachmittag hatten sie noch zwei Stunden Unterricht: Werken. Sie arbeiteten an einem kleinen Schränkchen aus Holz. Zweimal hätte sich Uli fast in die Hand gesägt. Seine Gedanken waren überhaupt nicht bei der Sache.

15 Uhr 57 sollte Marions Zug ankommen . . . Endlich klingelte es. Uli hatte sich alles so bereitgelegt, daß er schon nach zwei, drei Minuten den Werkraum verlassen konnte.

»Ich muß mich beeilen!« rief er den verdutzt dreinschauenden Freunden zu.

»Mensch, heut kommt doch Marion«, fiel es Pepp plötzlich wieder ein. Radieschen grinste.

»So hab' ich ihn noch nie rennen sehen . . .«

Schon lief Uli aus dem Schulhof hinaus.

In zehn Minuten! Bahnsteig zwei – 15 Uhr 57 . . .

Der kleine Ort hatte nur zwei Bahnsteige. Der Bahnhof war ein großes, altes Gebäude, in dem aber niemand mehr wohnte.

Man erzählte sich, daß Landstreicher ab und zu darin übernachteten.

Tagsüber kam ein Bahnbeamter und tat hier seinen Dienst.

Atemlos stand Uli auf dem Bahnsteig. Wie gebannt blickte er auf den Zeiger der großen Bahnhofsuhr.

Dazwischen schaute er immer wieder auf seine Armbanduhr und starrte dann erwartungsvoll die Bahngleise entlang in die Ferne.

Noch drei Minuten... noch zweieinhalb... noch zwei... Ulis Hände zitterten. Daß er so aufgeregt war, nur weil Marion kam?

In den letzten Monaten war eine enge und vertraute Brieffreundschaft entstanden. Doch wie würde es sein, wenn sie nun wieder zusammen waren? Würde sich vielleicht herausstellen, daß sie doch nicht soviel verband? Noch eine Minute!

»Der Zug...«, tönte es aus dem Lautsprecher. Uli hielt die Luft an. Jetzt kam er – endlich! Doch seine Begeisterung wich einer gewaltigen Enttäuschung. Nicht die Einfahrt des Zuges wurde bekanntgegeben – sondern, daß er etwa zwanzig Minuten Verspätung hatte.

Uli starrte den Lautsprecher an, als könnte er damit dem Beamten seine Mißbilligung zeigen.

»So ein Mist!« murmelte er.

Irgendwie vergingen auch die nächsten zwanzig Minuten. Unruhig ging Uli auf dem Bahnsteig hin und her.

Ein Güterzug ratterte vorüber.

Und dann war es soweit. In der Ferne erschien endlich der langerwartete Eilzug.

Sie standen sich gegenüber. Marion war wie immer modisch gekleidet. Ihre langen braunen Haare glänzten im Sonnenlicht.

Uli bemerkte die anderen Reisenden nicht, die an ihm vorbeieilten.

Marion lächelte Uli an.

»Na, wie geht's denn dem Meisterdetektiv?«

»Ach du...« Mehr brachte Uli nicht heraus. Eigenartig, es war fast ein wenig peinlich, ihr gegenüberzustehen.

Alle Dinge, die er Marion sofort hatte erzählen wollen, waren plötzlich weg. Er stand einfach nur da und sah sie an.

Ging es ihr ähnlich?

»Also, dann wollen wir mal.«

Ulis Stimme klang ein wenig heiser.

Fast hätte er Marion alles Gepäck alleine tragen lassen, so verwirrt war er.

Aber dann, als sie neben ihm herging, verflogen die Ängste rasch.

Sie würden sich wieder prima verstehen. Dessen war er sich auf einmal ganz sicher.

Sie hatten den Bahnhof gerade hinter sich gelassen, als Uli begann: »Du, Marion. Du wirst es nicht glauben, aber...«

»... du löst wieder einen Fall?« fiel sie ihm ins Wort.

Uli lachte. »Wie kommst du bloß darauf??? – Aber du hast recht. Ein Mädchen aus unserer Klasse ist entführt worden. Eigentlich wollte ich ja mit der ganzen Sache nichts zu tun haben, aber...«

Und dann erzählte er ihr von dem Gespräch mit Frau Homfeld.

»Da wurde mir klar, daß ich zumindest versuchen muß, zu helfen. – Vor allem müssen wir viel dafür beten, Marion«, schloß er seinen Bericht.

»Da hast du recht, Uli.«

Als sie das letzte Mal zusammen waren, hatte Marion gerade erst begonnen, mit Jesus zu leben, Und in ihren Briefen hatte sie ihm immer wieder Fragen gestellt, die er so gut wie möglich beantwortet hatte. Mittlerweile konnten sie über den Glauben reden, als sei es die selbstverständlichste Sache der Welt.

Uli erinnerte sich, wie er damals Angst gehabt hatte, Marion überhaupt von Jesus zu erzählen. Ach, es war einfach prima, daß sie jetzt da war...

3. … ein guter Stolperer fällt nicht!

Nach der Begrüßung durch Ulis Mutter (sein Vater war noch nicht zu Hause) stellten sie Marions Koffer in Ulis Zimmer.

»Also, Marion, du kannst in meinem Zimmer wohnen, solange du hier bist. Ich schlafe im Wohnzimmer auf dem Sofa.«

»Danke, Uli.«

»Fühl dich bei mir wie … wie zu Hause!«

Marion nickte. Ihre Gedanken waren bereits woanders.

»Du, Uli. Was hast du denn jetzt als nächstes vor? Ich meine, wegen Bettina.«

»Willst du nicht erst mal deine Sachen auspacken, Marion?«

»Das hat Zeit. Also, was machen wir?« Uli lächelte. Es war klar gewesen, daß Marion ihm helfen würde.

»Wir – wir könnten uns mal den Spielplatz ansehen, wo Bettina zuletzt gesehen wurde.«

»Gut. Das machen wir!«

Marion stand schon an der Tür.

»Aber«, Uli sah zu Boden, »mach dir nicht zu viele Hoffnungen. Die Polizei hat sicher alles genau abgesucht. Und wenn die Nachbarin von Beckers …«

»… du meinst die dicke Frau?«

»Ja, wenn Frau Homfeld recht hat, dann haben die nichts gefunden.

»Egal – komm, wir sehen nach!«

Sie rannten zur Garage und schwangen sich auf die Fahrräder

Marion bekam von Ulis Mutter deren Fahrrad geliehen.

»Viel Spaß!« rief die Mutter ihnen hinterher. Sie hatte ja keine Ahnung, daß Marion und Uli nicht zum Spaß unterwegs waren.

Am Abenteuerspielplatz spielten nur wenig Kinder. Außer einer hohen Hecke, den üblichen Spielgeräten wie Schaukel, Sandkasten und so weiter gab es noch eine kleine Höhle, die man in den Hang gegraben hatte, an dem der Spielplatz lag.

Uli und Marion kletterten diesen Hügel hinauf. Dann standen sie in einem Waldstück. Hier gab es noch einige Bauernhäuser, die mit zum Spielplatz gehörten.

Nach etwa 10 Metern stießen sie auf einen hohen Metallzaun. Der Spielplatz war zu Ende.

»So, und was machen wir jetzt, Marion?«

»Wir könnten ja ein wenig schaukeln . . .«

Sie lachte.

Uli schloß die Augen und überlegte laut.

»Wenn ich hier jemand entführen würde, dann nichts wie ab durch das Waldstück.« Er blickte zurück zum Spielplatz. »Sonst könnte mich ja jemand sehen.«

»Aber woher willst du denn wissen, ob Bettina überhaupt hier entführt wurde, Uli?«

»Wissen? – Ich kann es nur vermuten. Schau mal: Von hier bis zu Beckers braucht man noch etwa zehn Minuten. Und das alles im Industrie- und später im Siedlungsgebiet. So leicht kann man da niemand entführen. Da ist es hier viel unauffälliger.«

»Aber vielleicht hat sie jemand ungesehen vom Gehweg ins Auto gezerrt? – Oder so . . .«

»Du siehst zu viele Krimis, Marion! Natürlich kannst du recht haben. Nur«, Uli kniff kurz die Augen zusammen, »Pepp und Muck haben sie hier auf dem Spielplatz zuletzt gesehen.«

»Ging Bettina immer nach der Schule auf den Spielplatz, Uli?«

»Woher soll ich das denn wissen? Sie war doch nicht meine Freundin!«

Plötzlich wurde Uli rot.

Und Marion?

Sie begann zu lachen. Ob Uli wollte oder nicht, er mußte mitlachen.

»Weißt du, was ich toll finde, Uli?« sagte sie endlich.

Fragend sah er sie an.

»... daß wir zwei uns so klasse verstehen!«

»Du, Marion, ich denke, wir sollten einfach mal ein Stück durch den Wald gehen. Vielleicht finden wir etwas, das ...«

»... dich auf die heiße Spur bringt, Uli?«

»Etwas Besonderes können wir kaum erwarten. Die Polizei hätte es längst entdeckt. Aber – stellen wir uns einmal vor, die Entführer hätten sie hier auf dem Spielplatz geschnappt – und dann durch den Wald ...«, Uli stöhnte, »... vielleicht gelingt es uns, etwas herauszubekommen, wenn wir denselben Weg gegangen sind.«

Sie öffneten ein Tor im Maschendrahtzaun und betraten den dahinter liegenden Waldweg.

Schon nach wenigen Metern wurde das Unterholz rechts und links des Weges dichter.

Hin und wieder war ein Vogel oder ein anderes Tier zu hören. Ansonsten war es still.

Gibt es noch etwas Schöneres, überlegte Uli, als mit Marion durch den Wald zu gehen? Sie hatte recht: Es war toll, daß sie sich so klasse verstanden.

»Du, Uli!« flüsterte Marion plötzlich. »Was ist denn da vorn?«

Sie stand nun ganz dicht neben ihm und deutete auf eine bestimmte Stelle rechts neben dem Waldweg. Uli sah an ihrem Arm entlang – und dann entdeckte er es.

»Ein Hase! Mensch, Marion! So nah bin ich im Wald noch nie an einen herangekommen.«

»Wenn wir leise sind, Uli, kommen wir vielleicht noch näher ran.«

Vorsichtig setzten sie einen Fuß vor den anderen und schlichen sich an Meister Langohr heran.

Plötzlich schien irgend etwas das Tier aufzustören. Aufgeregt saß es da und achtete auf jeden Laut. Die Augen blickten angespannt in die Runde. Hoffentlich hat er uns nicht bemerkt, dachte Uli gerade – da sprang der Hase ins Unterholz. Sofort danach war es aber wieder still.

»Du, Marion«, flüsterte Uli, »der ist nicht weit weg. Sollen wir ihm weiter folgen?«

Marion nickte.

Doch als sie den Weg verließen, knackte es sofort unter ihren Füßen. Überall lagen dürre Äste. Old Shatterhand sollte man heißen, ging es Marion durch den Kopf.

Uli faßte Marions Hand, und sie eilten dem Hasen hinterher.

Der rannte im Zickzack davon.

Sie waren vielleicht zwanzig Meter in den Wald hineingelaufen, als sich Uli niederduckte und Marion mit nach unten zog.

»Da vorn sitzt er«, flüsterte er ihr kaum hörbar ins Ohr. »Hier ist viel Moos, vielleicht kommen wir doch noch dichter ran.«

Ganz langsam bewegten sie sich vorwärts. Und tatsächlich. Sie kamen bis auf etwa vier Meter an den Hasen heran. Dann knackte es unter Ulis Fuß.

Wer wohl mehr erschrak: Uli oder der Hase? – Auf jeden Fall machte das Langohr einen gewaltigen Satz und hoppelte davon.

Uli und Marion rannten hinterher, auch wenn sie wußten, daß sie den Hasen nicht mehr erreichen konnten.

Da schrie Marion auf. Uli spürte einen kräftigen Zug

an seiner Hand. Da er Marion nicht losließ, verlor er das Gleichgewicht – und landete unsanft im Unterholz. »Mensch! Was soll das denn, Marion?«

»Ich bin über etwas gestolpert und wäre beinahe hingeflogen. So wie du, Herr Kommissar!«

»Über was bist zu denn gestolpert, du Hindernisläuferin?«

Marion suchte mit den Augen den Waldboden ab. »Das muß ein Erdhaufen oder so was gewesen sein. – Da . . .« Sie verstummte und zeigte auf ein rotes Etwas, das teilweise mit Erde bedeckt war. Beide erkannten sofort, was es war: eine Schultasche.

Uli sprang an Marion vorbei.

»Schnell, gib mir einen Stock! Wir dürfen keine Fingerabdrücke verwischen.«

»Ob die wohl Bettina gehörte?«

Uli zuckte zusammen.

»Gehörte??? Du meinst wohl: gehört! Bettina lebt doch noch – hoffentlich . . .«

»Ja, ich meinte auch nur . . . Hier, Uli, der Stock.«

Sie hatten sich nicht getäuscht. Auf der rechten Seite der Schultasche standen in Druckbuchstaben zwei Worte: Bettina Becker.

»Na, wer hätte das gedacht, Marion, daß uns das Häschen direkt zu Bettinas Tasche führen würde?«

»Stimmt, Uli. Aber gefunden habe ich sie eigentlich!«

»Gefunden kann man das auch nennen, wenn du einfach drüberfliegst.«

»Haha . . . – Und was machen wir jetzt, Uli?«

»Wir bringen sie zur Polizei, ist doch klar! – Am besten gehen wir zu Bettinas Eltern. Dort sind ja genug Polizisten.«

Sie klingelten bei Beckers. Wieder dauerte es einige Minuten, ehe die Tür geöffnet wurde. Diesmal war es Bettinas Vater, der sie fragend ansah.

Aber ehe Marion oder Uli auch nur ein Wort sagen konnten, hatte er die Schultasche entdeckt.

»Das ist ja . . .!«

Mehr brachte er nicht heraus. Die Tür wurde ganz geöffnet, und ein Kriminalbeamter trat neben Herrn Becker.

Wenig später saßen die beiden Freunde im Wohnzimmer.

Sie hatten gerade alles berichtet, als es klingelte. Kriminalkommissar Meier kam.

Nochmals mußte Uli alles erzählen. Ab und zu ergänzte Marion einige Einzelheiten.

»Du bist also in Bettinas Klasse«, meinte Herr Meier endlich. »Kann es sein, daß wir uns schon einmal gesehen haben. Ich meine, daß wir uns etwas genauer kennen?«

Uli nickte und lief rot an.

Marion grinste . . .

»Sie haben recht«, begann Uli zögernd. »Wir haben uns schon einmal gesehen. Sie haben Meggi und mich verhört, als wir damals mit dem gestohlenen Mercedes in Italien . . .« (siehe: Uli kann's nicht lassen!)

»Ach, du warst das!« Herr Meier erinnerte sich. »Und jetzt warst du schon wieder auf Spurensuche. Es macht dir Spaß, Kommissar zu spielen, hm?« Uli wurde noch verlegener.

Einer der Kriminalbeamten warf ihm einen finsteren Blick zu. Doch Herr Meier lächelte.

»Und dann findest du auch noch die Schultasche . . .«

»Eigentlich hat Marion sie ja gefunden . . .«, sagte Uli kleinlaut.

»Na ja, die Assistentinnen sollte man auch mal ranlassen . . . Aber – nun mal Spaß beiseite, Uli. Das hier ist kein Spiel, sondern Ernst. Noch dazu gefährdest du eventuell Bettinas Leben. Hast du mich verstanden?«

»Ja . . .«

»Ich habe nichts dagegen, wenn ihr euch den Spielplatz und den Wald anseht«, fügte Herr Meier hinzu, »aber sobald du auch nur den geringsten Verdacht hast, oder wenn du irgend etwas entdeckst, was mit den Entführern zusammenhängen könnte, dann ...«

Der Kriminalkommissar sah Uli ernst an.

»... dann wendest du dich direkt an die Polizei – Ehrenwort?«

»Ehrenwort! Sie können sich auf mich verlassen.« Herr Meier war aufgestanden und klopfte Uli auf die Schulter.

»Herr Kriminalkommissar«, begann Marion auf einmal, »gibt es eigentlich etwas Neues?«

Herr Meier überlegte. Die Kinder waren in Ordnung. Nur – diese Detektivspielerei sollten sie nicht zu weit treiben. Trotzdem hielt er es für möglich, daß Uli etwas fand, was ihm nicht auffiel. Seine Kollegen würden ihn für verrückt erklären ...

Spontan antwortete er dann: »Etwas Neues? Ja – die Entführer haben einen Brief geschickt. Sie verlangen 500000 Mark Lösegeld.«

»Ja aber ...«, Uli drehte sich zu Herrn und Frau Becker um, »woher wollen sie denn soviel Geld nehmen?«

»Man könnte ja das Haus verkaufen oder so ...«, gab Herr Meier zur Antwort.

Uli lächelte ihn an. Wußte der Kommissar wirklich nicht, daß Beckers hoch verschuldet waren? Sicher wußte er es, wollte es ihnen aber nicht verraten. »Was wird denn die Bank dazu sagen, Herr Kommissar?«

»Woher ...???« Mit großen Augen sah Herr Meier Uli an. Dann setzte er sich wieder und deutete auf den Platz neben sich.

»Nun erzähl mir mal alles, was du noch weißt – klar?« Und Uli berichtete ihm alles, was er wußte.

Als er fertig war, sah Herr Meier auf die Uhr. »Gut,

dann könnt ihr gehen. Es ist sicher Zeit zum Abendessen.«

Doch Marion wollte die Gelegenheit nicht so einfach verstreichen lassen. Was hatten Beckers jetzt vor? »Woher wollen Sie denn das Geld nehmen?« Mit diesen Worten wandte sie sich direkt an Frau Becker. Sofort brach es aus der verstörten Frau heraus. »Wenn wir das nur wüßten...«

»Es wird schon alles gut werden, Mutter«, meinte Bettinas großer Bruder Wolfgang und legte seiner Mutter tröstend die Hand auf die Schulter. »Vielleicht hilft uns Onkel Anton?«

Jetzt schaltete sich auch Herr Becker ein.

»Du bist ja verrückt! Mit ihm haben wir uns doch schon vor Jahren zerstritten. – Geld hätte er genug, aber für uns – nein, niemals!«

»Aber wenn es doch um Bettinas Leben geht?«

»Ach, Wolfgang...« Sein Vater schüttelte ärgerlich den Kopf.

Frau Becker wischte sich die Tränen ab.

»Onkel Anton – vielleicht ist das wirklich die Lösung!«

Ein kleiner Funke Hoffnung war in ihren Augen aufgeglommen.

»So«, Herr Meier war aufgestanden, »jetzt wird es aber wirklich Zeit, daß ihr geht, ihr... ihr beiden.« Um seinen Mund spielte ein Lächeln. Natürlich hatte er Marions Trick bemerkt.

Marion und Uli verabschiedeten sich. Der Kriminalkommissar ging in die Küche und sah ihnen durch das Fenster nach.

Als er Schritte hinter sich hörte, drehte er sich um. Ein Kollege stand hinter ihm.

»Ich verstehe dich nicht. Wie kannst du den Kindern nur solche Flausen in den Kopf setzen!«

Herr Meier ließ sich mit der Antwort einen Augenblick Zeit.

»Weißt du, vielleicht war es ein Fehler, aber ...« Er legte den Kopf in den Nacken und sah zur Decke hinauf. »Aber vielleicht finden sie tatsächlich etwas, was wir übersehen.«

»Wie kommst du denn auf so was? – Das mit der Tasche war doch nur ein glücklicher Zufall.«

»Ja. Aber – weißt du: Bettina ist ein Kind. Die beiden sind auch Kinder. Sie denken gleich, sie leben ähnlich, der Junge geht zur gleichen Schule, in die gleiche Klasse. Und noch dazu: Beide sind wirklich nicht auf den Kopf gefallen. Wie das Mädchen vorhin alles aus den Beckers herausgeholt hat, das war nicht dumm. – Ist es wirklich so ausgeschlossen, daß ihnen etwas auffällt, was wir Erwachsene übersehen?«

Nun sah er seinem Kollegen direkt ins Gesicht. »Schau mal, die Tasche konnten auch nur sie finden. Wir hatten ja keinen Grund, den ganzen Wald systematisch abzusuchen. Und ...«, plötzlich begann er zu lachen.

»Siehst du, da hast du's: Wir wären niemals einem Hasen hinterhergerannt. So etwas machen nur Kinder! – Eigentlich schade ...«

4. Die Geldübergabe

Am nächsten Morgen saßen Uli und Marion kurz vor dem Frühstück in Ulis Zimmer.

»Weißt du, Marion, ich dachte . . .«, Uli zögerte kurz. »Wir könnten doch jeden Morgen zusammen bibellesen und beten.«

»Klasse!«

Mehr sagte Marion nicht. Aber Uli spürte genau, daß sie sich einig waren. Sie wollten beide mit Jesus leben. Sie hatten ihn gebeten, ihnen die Sünden zu vergeben und in ihr Leben zu kommen. Warum sollten sie da nicht auch gemeinsam mit Gott reden und ihn durch die Bibel zu sich reden lassen?

Uli wußte, daß er viel fröhlicher und gelassener in den Tag gehen konnte, wenn er morgens erst mal alles mit Gott »besprochen« hatte. Sie merkten beide, daß es ihnen viel brachte, wenn sie sich über Gottes Wort austauschen und zusammen beten konnten.

»Christliche Gemeinschaft nennt man das wohl . . .«, murmelte Uli, als er später auf dem Schulweg war.

Marion wollte sich an diesem Morgen noch einmal den Spielplatz und das Waldstück dahinter ansehen. Vielleicht . . .?

Schulstunde um Schulstunde floß träge dahin. Banni gab seine »Sonderarbeit« über den Dreißigjährigen Krieg ab. Ansonsten hingen alle müde und lustlos herum.

Den Lehrern schien es genau wie den Schülern zu gehen. Kein Wunder: Es war schwül-warm, und vor allem: Nur noch vier Schultage, dann begannen die Sommerferien! Wozu sich da noch die Beine ausreißen?

Am Nachmittag saßen sie alle zusammen: Uli, Marion, Banni, Radieschen, Meggi, Pepp, Muck und Thomas. Marion berichtete, daß sie auf dem Spielplatz und im angrenzenden Waldstück viele Polizisten gesehen hatte.

Man hatte sie gar nicht in den Wald hineingelassen. »Die suchen bestimmt alles nach weiteren Spuren ab«, schloß sie ihren Bericht.

»Bettina wurde bestimmt vom Spielplatz aus entführt.« Pepp blickte erwartungsvoll zu Uli. »Nicht wahr?«

»Kann man annehmen... Aber – aber ansonsten paßt einiges nicht zusammen.«

»So???« Radieschen zog die Stirn in Falten.

»Was wollte Bettina auf dem Spielplatz?« Uli sah die anderen fragend an.

»Na ja, man kann dort sogar spielen...«, antwortete Muck grinsend.

»Mensch, Muck. Überleg mal. Habt ihr Bettina öfters auf dem Spielplatz gesehen? Ich meine, direkt nach Schulschluß? Da wartet doch zu Hause das Mittagessen, wie meine Mutter immer sagt.«

»Hm, da hast du recht.« Muck nickte. »Und was ist dir noch aufgefallen, Uli?«

»Da befindet sich also Bettina auf dem Spielplatz, obwohl sie eigentlich zu Hause sein sollte.« Ulis Stimme hatte einen spöttischen Klang. »Dann sind auch schon die Entführer da und schnappen sie. Und diese Entführer verlangen 500000 Mark von den Eltern, obwohl die nur Schulden haben. Also – ich weiß nicht, das ist doch alles andere als einleuchtend.«

»Vielleicht haben die einfach irgendein Kind entführen wollen«, überlegte Meggi laut, »und haben eben zufällig Bettina erwischt.«

»Uli, gib's zu«, Marion legte den Kopf zur Seite und sah ihn an, »du hast doch sicher schon einen Gedanken, um dieses Problem zu lösen – oder?« Uli kniff die Augen zusammen.

»Für mich gibt es eigentlich nur eine Erklärung – die ich aber nicht beweisen kann! Es ist nur ein Verdacht. Ich meine, ich kann mich natürlich...«

»Jetzt rede schon endlich!« Es war Pepp, der Uli ungeduldig unterbrach.

»Aber zuvor müßt ihr mir versprechen, daß ihr schweigt.«

Alle nickten.

»Also – ich werde das Gefühl nicht los, daß an der ganzen Entführung etwas faul ist...«

»Oh, oh...« Banni verstand die Welt nicht mehr. Zuerst stimmte etwas nicht; jetzt war etwas faul...

»Ich meine, vielleicht ist Bettina...« Uli machte eine kurze Pause.

»... vielleicht wurde sie gar nicht entführt!«

»Jetzt halt mal die Luft an, Uli!« Pepp fand als erster die Sprache wieder. »Wie ist sie denn dann verschwunden? Es gibt doch Briefe der Entführer.«

»Ja«, antwortete Uli aufgeregt. »Das weiß ich ja auch – aber... aber es paßt doch alles vorn und hinten nicht zusammen. – Dazu ist mir aufgefallen, daß auch der Kommissar Meier in diese Richtung denkt.«

»In welche Richtung: Norden, Süden oder...?«

»Mensch, Banni, sei doch still!«

Radieschen hatte vor Aufregung einen roten Kopf.

»Ich werd doch noch fragen dürfen...«

»Schaut mal!« begann Uli von neuem. »Der Kommissar hat mich ganz genau über Bettina ausgefragt und mich direkt gebeten, weiter zu suchen und ihm zu helfen. Ich meine, normalerweise macht das die Polizei doch nicht – oder?«

»Ja«, Marion spielte nervös mit den Fingern.

»Warum soll sich denn Bettina selbst entführt haben?«

»Wenn wir das wüßten, säßen wir jetzt sicher nicht hier zusammen ...«

»Motivsuche nennt man das«, bemerkte Muck trocken.

Thomas war die ganze Zeit still bei den anderen gesessen. Doch er hatte genau zugehört und mitgedacht. »Aber Uli, wenn es Bettina selbst war – ich meine, wenn sie selbst mit der Entführung zu tun hat – warum verlangt sie dann das viele Geld? 500000 Mark ist doch 'ne Riesensumme.«

»Genau«, ergänzte Radieschen, »die Eltern haben doch schon genug Schulden. Wenn sie jetzt auch noch soviel Geld leihen müssen ...«

»Mensch! Leute!« Uli sprang auf. »Das Haus! Vielleicht haben die Eltern sie entführt. Der Onkel gibt – wenn alles klappt – das Geld, und sie können dann das Haus behalten. Die ganzen Schulden würden ganz neu ...«

»Uli!« Marion sah ihn vorwurfsvoll an. »Langsam, langsam. – Das fällt doch auf, wenn Beckers plötzlich ihre Schulden bezahlen können. So einfach ist das nicht!«

»Man könnte es ja über irgendein Konto abwikkeln ...«

»Ja, Muck!« Pepp hielt es auf seinem Stuhl nicht mehr aus. »Oder einfach bei verschiedenen Banken Geldbeträge einzahlen. Da bekommt niemand raus, wer das Geld einbezahlt hat. Und dann ...«

»Ich weiß nicht ...« Marion war nicht zu überzeugen. »Das riecht alles viel zu sehr nach Stümperei. – Uli«, sie sah ihn ernst an, »hattest du den Eindruck, daß die Beckers nur Theater spielen?«

»Nein ...« Widerwillig gab Uli es zu.

So kamen sie nicht weiter. Alle ihre Gedanken waren nur Phantasiegebäude.

Was hätte Uli wohl gesagt, wenn ihm jemand verraten hätte, daß sich die Kripo tatsächlich die gleichen Gedanken machte?

Herr Meier hatte natürlich schon längst die vielen Ungereimtheiten erkannt. Aber auch er hatte keinen Beweis in der Hand. Und so konnte er sich – wie Uli – nur dieses und jenes in Gedanken zurechtlegen – und warten.

Unsere Freunde beschlossen, das Haus von Beckers zu beschatten. Zumindest immer dann, wenn sie Zeit dazu hatten. Und bald waren ja Ferien; da würde ihnen nichts mehr entgehen!

Natürlich bemerkte die aufmerksame Frau Homfeld bald, was unsere Freunde taten. Sie lud sie immer wieder zu sich ein und gab ihnen Limonade und Süßigkeiten. – Vor allem aber unterhielt sie sich mit ihnen. Endlich kam Abwechslung in ihre einsamen Tage. Die Einladungen der dicken Frau waren Pepp, Muck, Uli und den anderen manchmal ein wenig lästig. Auf der anderen Seite aber verkürzten sie das langweilige Warten. Und außerdem erfuhren sie so manches . . .

Meggi und Radieschen saßen im Wohnzimmer von Frau Homfeld.

»Kennen Sie eigentlich den Onkel von Beckers?« meinte Meggi auf einmal.

»Den Onkel?« Frau Homfeld zog die Stirn in Falten.

»Ja, die sollen doch einen Onkel haben, der viel Geld hat und . . .«

»Ach so, den!«

Meggi und Radieschen warfen sich einen Blick zu. Die Idee war gut gewesen. Woher wußte sie nur immer alles . . .?

»Der hat eine Riesenfirma im Ruhrgebiet«, begann Frau Homfeld auch schon. »Macht ein Mordsgeschäft. Bei dem wäre die halbe Million sicher zu holen, aber . . .«

Sie schüttelte den Kopf. »Ob der hilft? Wißt ihr . . .«, ihre Stimme bekam einen verschwörerischen Klang, ». . . die haben doch seit Jahren Streit miteinander. Ich weiß nicht, um was es da gegangen ist. Muß wohl noch aus der Zeit sein, ehe sie hierherzogen.«

Meggi preßte die Lippen zusammen, um nicht lachen zu müssen. Hätten Beckers schon hier gewohnt, dann hätte Frau Homfeld ja auch wissen müssen, was mit dem Onkel genau los war...

»Auf jeden Fall sind sie furchtbar böse miteinander. – Frau Becker hat mir mal davon erzählt.« Doch mehr wußte Frau Homfeld leider nicht.

Einige Zeit war es still im Zimmer.

»Vielen Dank«, sagte Radieschen endlich. »Wir müssen nach Hause.«

Das Schuljahr war zu Ende. Die Zeugnisse waren wie erwartet. Uli war wieder der Beste der Klasse. Es gab eigentlich nur eine Überraschung: Banni hatte in Geschichte eine Zwei geschafft.

»Das hast du der Sonderarbeit über den Dreißigjährigen Krieg zu verdanken«, spottete Radieschen.

»Ja, mit viel Fleiß kriegt man 'nen Preis!« dichtete Pepp.

Ab dem ersten Ferientag konzentrierten sich die Freunde ganz auf die Bewachung des Hauses von Bettinas Eltern. Und ihre Hartnäckigkeit wurde belohnt.

Am fünften Ferientag fuhr ein dunkler, großer Mercedes bei Beckers vor.

Pepp und Muck hielten gerade Wache.

»Mensch, Muck, mit Chauffeur!«

»Psst!«

Ein kleiner rundlicher Mann in dunklem Anzug verließ mit einem Aktenkoffer in der Hand den Wagen. Der Fahrer setzte sich wieder ins Auto und wartete.

»Ob der Kleine der Onkel ist, Muck?«

»Ich nehme es an. Und in dem Aktenkoffer? – Du, Pepp, wieviel Platz braucht man denn für eine halbe Million?«

»Woher soll ich das wissen, du Witzbold? Wenn Vater mir das Taschengeld auf 500000 erhöht, werde ich es dir sagen . . .«

Die nächsten zwei Stunden passierte nichts. Ab und zu stieg der Chauffeur aus, ging ein wenig auf und ab; und setzte sich dann wieder in den Mercedes.

Pepp und Muck wurde das Warten lang.

»Pepp, sollten wir nicht Uli informieren?«

Eigentlich schon, aber . . .«

»Aber was, Pepp?«

»Muck, die ganze Sache hier riecht ganz nach Abenteuer! Und Uli sagt bestimmt, daß wir uns da raushalten sollen . . .«

So warteten sie ungeduldig weiter, ohne die Freunde zu benachrichtigen.

Endlich, gegen 16 Uhr, verließ Herr Becker das Haus. Er hatte den dunklen Aktenkoffer in der rechten Hand. Trotz der Sonnenbrille trug er eine dunkelgraue Stoffjacke.

Bettinas Vater stieg in seinen gelben VW Golf und legte den Aktenkoffer auf den Beifahrersitz. Dann zog er etwas Längliches, Schwarzes aus der Jackeninnentasche und legte es neben den Koffer. Er ließ den Motor an und fuhr aus der Garage. Pepp und Muck sprangen auf. Sie rannten zu ihren Fahrrädern, die sie um die Ecke an einen Laternenpfahl gelehnt hatten, und radelten wie die Verrückten hinterher.

Zum Glück fuhr Bettinas Vater nicht weit: nur bis zum Bahnhof. Dort ging er mit seinem Koffer zum Fahrkartenschalter. Als Pepp und Muck atemlos das Bahnhofsgebäude betraten, bekamen sie gerade noch mit, bis zu welchem Ort Herr Becker fahren wollte.

»Mensch, Muck, hast du Geld dabei?«

Muck zog seinen Geldbeutel aus der Hosentasche.

»Wir möchten bitte auch . . .«, sagte Pepp unsicher zu dem Bahnbeamten. Das Geld reichte gerade. Mit den

Fahrkarten in der Hand traten sie hinaus auf den Bahnsteig.

Herr Becker war ziemlich weit hinten eingestiegen. Um nicht bemerkt zu werden, stiegen Pepp und Muck deshalb in den ersten Wagen nach der Lokomotive. Dann setzte sich der Zug in Bewegung.

»Muck, wir müssen wissen, in welchem Abteil er sitzt. Nur dann können wir . . .«

Weiter sprach Pepp nicht. Denn ihm war völlig unklar, was sie jetzt tun sollten.

Hauptsache, sie waren erst mal mit dabei! Sie eilten von Wagen zu Wagen; endlich hatten sie Herrn Becker entdeckt.

Er saß allein in einem sechssitzigen Abteil. Neben ihm lag der dunkle Aktenkoffer und – ein Funkgerät!

»Das lange, schwarze Ding!« murmelte Pepp aufgeregt.

»Was machen wir nun?« wollte Muck wissen.

»Wir brauchen auch ein leeres Abteil.«

Unbemerkt gingen sie an Herrn Beckers Abteil vorbei. »Hier! Gleich neben ihm!«

Sie öffneten die Schiebetür und ließen sich in die Sitze fallen. »Und jetzt, Pepp?«

»Du paßt auf den Gang auf, und ich sehe aus dem Fenster. Dann dürfte uns nichts entgehen. Aber – eigentlich denke ich, daß erst etwas geschieht, wenn er ausgestiegen ist.«

»Und wenn er dann noch weiterfährt? Unser Geld ist alle . . .«

»Ach, Muck, das wird schon irgendwie klappen. – Mensch, ist das alles aufregend!«

»Bestimmt gibt ihm einer über das Funkgerät Anweisungen, wo er hinfahren soll«, murmelte Muck vor sich hin. »Gar nicht schlecht, die Idee. So hängt er die Polizei ab und . . .«

»Muck! Ich glaub', mich trifft der Schlag!«

»Was ist denn passiert?« Muck war zu seinem Bruder gesprungen.

Der lehnte sich zum offenen Fenster hinaus und deutete aufgeregt nach hinten.

»Der Becker hat den Koffer rausgeworfen!«

»Ganz schön clever! Jetzt brauchen die Entführer nur zu kommen und das Geld abzuholen. – Aber die Polizei?«

»Das ist auch kein Problem, Muck. Schau doch mal raus! – Alles freies Gelände. Wenn da ein Polizist auftaucht, sehen ihn die Erpresser sofort. Und dann lassen sie das Geld einfach liegen.«

»Apropos Geld, Pepp. Wie kommen wir eigentlich wieder nach Hause?«

An der nächsten Station stiegen sie aus. Auch Herr Becker stand auf dem Bahnsteig.

»Pepp, fragen wir ihn, ob er uns . . .?«

»Du spinnst wohl! Sollen wir uns jetzt noch verraten? Wir müssen einen anderen Weg suchen.«

»Na denn such mal, Pepp! Bravo, Peppchen, such . . .«

Es war ihnen zu gefährlich, per Anhalter zu fahren. Aber es gab eine Buslinie, die an ihrem Dorf vorbeiführte.

Pepp versuchte, den Busfahrer zu überreden, sie kostenlos mitzunehmen. Er sagte ihm, daß sie bis hierher gefahren wären, nun aber leider kein Geld mehr hätten, um zurückzufahren. Daran hatten sie nicht gedacht.

Das stimmte ja sogar . . .

Doch sosehr Pepp auch bettelte, der Busfahrer ließ sich nicht erweichen.

Auch der nächste Busfahrer blieb hart. Erst mit dem dritten Bus konnten sie mitfahren. So verloren sie viel Zeit und kamen erst gegen Abend nach Hause.

Sofort eilten sie zu Uli, um ihm alles zu erzählen.

Bei Uli waren gerade alle Freunde versammelt. »Klasse, daß ihr da seid!« sprudelte Pepp los und erzählte von ihrem Abenteuer. Doch die Freunde schienen sich nicht begeistern zu lassen. Sie saßen nur stumm da und schauten betreten vor sich hin.

»Was ist denn mit euch los?« Pepp wurde richtig ärgerlich. »Da riskieren wir Kopf und Kragen, um alles mitzubekommen – und ihr sitzt da und schaut uns dämlich an!«

»Ist ja gut«, sagte Meggi, »ihr habt das prima gemacht, aber ...«

»Was – aber ...?« wollte Muck wissen.

Uli holte tief Luft.

»Frau Homfeld hat mich angerufen. Ich hatte ihr doch unsere Telefonnummer gegeben, für alle Fälle.«

»Und?« Pepp war voller Ungeduld. So, wie die Freunde aussahen, war irgend etwas Schlimmes geschehen.

»Sie haben Bettina gefunden – kurz bevor ihr beiden von eurem Ausflug zurückgekommen seid.«

»Sie ist schon frei? – aber was ist ...?«

Pepp versuchte, in Ulis Gesicht die Antwort auf diese Frage zu lesen.

»Die Entführer haben sie furchtbar zugerichtet. Sie liegt schwerverletzt im Krankenhaus. – Mehr wußte Frau Homfeld auch nicht.«

5. Warum nur...?

Eines stand fest: Jetzt mußten sie die Schufte erst recht finden!

Schon am nächsten Tag saßen Uli und Marion bei Familie Beckers aufmerksamer Nachbarin.

Sie hatte in der Zwischenzeit Genaueres erfahren. Die Entführer hatten Bettina offensichtlich furchtbar geschlagen. Die rechte Schulter war gebrochen; sie hatte schlimme Prellungen auf der ganzen rechten Seite, zwei Rippen waren angebrochen. Das Schlimmste aber war eine schwere Gehirnerschütterung.

»Hättet ihr nicht Lust auf ein schönes, großes Eis?« meinte Frau Homfeld zum Schluß und blickte erwartungsvoll in die Runde.

Uli und Marion schauten einander an. Bei der Hitze gar kein schlechter Gedanke. Aber wenn sie an die Rundungen der Gastgeberin dachten...

Doch Frau Homfeld hatte sich schon schwerfällig erhoben und wenig später hatte jeder eine gewaltige Eisportion vor sich stehen. Es schmeckte köstlich.

»Vielen Dank«, sagte Marion, als sie fertig war.

»Ja, vielen Dank«, schloß sich Uli an.

Frau Homfeld nickte lächelnd. »Schon gut, ich tu's doch gern...«

Sie sah zu den Bildern auf dem Schrank hinüber. »Wenn mein Mann vom Krieg zurückgekommen wäre, vielleicht hätte ich dann auch zwei so nette Kinder wie euch...«

»Na, das mit dem ›nett‹ stimmt leider nicht immer«, antwortete Marion, »fragen Sie nur mal meine Mutter.«

Frau Homfeld lächelte.

»Ich kann mich nicht beklagen über euch. Das dürft ihr ruhig einmal zu Hause sagen.«

»Ist Ihr Mann im Krieg gefallen?« Endlich wagte es Uli, diese Frage zu stellen. Genaugenommen war sie schon von Frau Homfeld beantwortet worden: »Wenn mein Mann vom Krieg zurückgekommen wäre...« – aber Uli wollte gern Näheres wissen.

Frau Homfeld zuckte leicht zusammen. Dann nickte sie.

»Wir waren kaum verheiratet. Nach zwei Tagen mußte er wieder fort. Und seit dem 14. August 1944 ist er vermißt. Er wird wohl gefallen sein.« Sie sah ins Leere. »Manchmal – abends – wenn so eine besondere Stimmung ist – da stelle ich mir immer noch vor, er käme plötzlich die Straße entlang. Einfach so – aber...« Sie seufzte. »Der Traum einer alten, dicken Frau – weiter nichts.«

»Und Sie haben niemals von Ihrem Mann – ich meine, von einem seiner Kameraden Nachricht bekommen?« Marion sah sie mit großen Augen an.

Das muß schrecklich sein: zu hoffen, zu wünschen, zu sehnen – und alles umsonst!

»Nie...« Frau Homfeld schüttelte den Kopf. »Natürlich habe ich alles unternommen: Rotes Kreuz, Suchstelle und persönliche Kontakte – nichts. – Wenn ich nur einmal an einem Grab stehen könnte; oder wenigstens wüßte, wo er überhaupt...« Unbeweglich saß sie da und war mit ihren Gedanken weit weg.

Marion und Uli störten sie nicht. Unwillkürlich mußte Uli an den Bauern Wilhelm denken, der seinem toten Sohn nachtrauerte (siehe: Uli und der Rote Hahn).

Ja, es gab viel Elend in dieser Welt. Vieles, was sie als Kinder nicht sofort bemerkten. – Und ab und zu, wie in diesem Augenblick, da stießen sie darauf.

Eigenartig, dachte Uli, diese Dinge machen mir keine Angst. Es tut nur weh – sehr weh sogar...

In den nächsten Ferientagen verflogen diese schweren

Gedanken schnell. Fast jeden Nachmittag verbrachten die Freunde zusammen im Freibad. Und eines Abends konnte Ulis Mutter ihnen mitteilen: Man durfte Bettina besuchen! Am nächsten Morgen kauften die Freunde ein paar Blumen, und am Nachmittag gingen Uli, Muck und Marion zu Bettina.

Kurz vor ihrem Zimmer begegneten sie ihrem Bruder Wolfgang.

Sie grüßten sich im Vorübergehen. Dann klopfte Marion an die Tür.

»Herein!«

Unschlüssig standen die drei danach um Bettinas Bett. Am Kopf trug sie einen dicken Verband, und die rechte Schulter lag in Gips.

Keiner der Freunde sagte ein Wort. Alles war so rein, so weiß, so ... – typisch Krankenhaus. »Nun sag doch mal, was ist denn eigentlich genau passiert, Bettina?« fragte Uli endlich.

Bettina sah ihn lächelnd an.

»Mein Bruder hat mir erzählt, daß du versucht hast, etwas herauszubekommen, Herr Kommissar!« Ihre Stimme klang ein wenig unsicher. Uli nickte nur. Als Bettina merkte, daß keine Antwort kam, begann sie zu erzählen.

»Also – ich bin am Samstag nach der Schule auf den Spielplatz gegangen. Plötzlich kamen da zwei Männer; die warfen mir eine Decke über den Kopf und schleppten mich – ich weiß nicht, wohin. Durch die dicke, staubige Decke konnte ich kaum atmen. Ich hatte furchtbare Angst. Sie drohten mir, mich umzubringen, wenn ich schreien würde.« Marion schüttelte mitfühlend den Kopf.

»Dann – nach einiger Zeit – steckten sie mich mit der Decke in einen Kofferraum. Davor haben sie mich noch gefesselt und geknebelt. – Sie fuhren los. Ich meinte in dem heißen Kofferraum ersticken zu müssen. Aber irgendwo war auch diese schreckliche Fahrt zu Ende. Sie holten mich raus und trugen mich ein Stück weit.

Als sie mich endlich auswickelten, war ich in einem kleinen, dunklen, stinkenden Raum. Ich vermute, daß er unter der Erde war. Dort haben sie mich einfach liegengelassen.«

»Haben sie dir nichts zu essen gebracht?« Muck sah sie erschrocken an.

»Doch. Ab und zu. Wenn ich Essen und Trinken bekam, stand immer einer der Männer neben mir. Er hatte einen Strumpf über dem Kopf und eine Pistole in der Hand. – Es war furchtbar ... danach haben sie mich wieder von neuem gefesselt und geknebelt.«

Uli hatte einen kleinen Schreibblock aus der Tasche gezogen und sich eifrig Notizen gemacht. »Und dann? – Ich meine, wie bist du freigekommen?«

»Das war so«, Bettina schob sich die blonden Haare beiseite, die an ihrer Stirn unter dem Kopfverband hervorschauten. »Sie haben mich aus dem Raum geholt und draußen«, sie stockte, »draußen haben sie mich furchtbar geschlagen und getreten. Dazu lachten sie und machten dumme Späße. Ich dachte, sie würden mich totschlagen ... – Guckt nur, wie ich aussehe. – Dazu bekam ich wegen des Knebels kaum Luft.« Sie verdrehte die Augen. »Endlich haben sie mich halb bewußtlos wieder ins Auto gepackt. Ich hatte schreckliche Angst. Jetzt bringen sie mich um, dachte ich.

Als sie anhielten, holten sie mich aus dem Kofferraum. Das war bei der ehemaligen kleinen Kläranlage. Ihr wißt schon – da sind wir mal an einem Schulwandertag hingelaufen.«

Uli nickte.

»Dort haben sie mir die Fesseln abgemacht und sind abgehauen. Ich war völlig hilflos, konnte mich kaum bewegen und wurde immer wieder bewußtlos. Dann kam endlich die Polizei.«

Sie sah Uli lange an. »Es war schrecklich. So was wünscht man seinem schlimmsten Feind nicht.«

»Das stimmt ...«

»Das andere wissen wir ja schon«, sagte Marion langsam. »Nach der Lösegeldübergabe haben die Erpresser die Polizei telefonisch benachrichtigt, wo sie dich finden.«

Sie schüttelte den Kopf. Warum hatten die Entführer Bettina nur so zugerichtet? Waren das überhaupt noch Menschen? Was hatten sie denn davon ...?

»Du, Uli«, begann Bettina von neuem, »die Polizei hat mich ja auch schon genau ausgequetscht, aber ich glaube, die wissen noch nichts. Hast du denn schon eine heiße Spur – ich meine ...«

Uli schüttelte den Kopf. »Leider auch nicht. Ich hatte einen Verdacht – aber da habe ich mich wohl getäuscht.« Marion nickte. Bettinas Eltern hatten ihre Tochter sicher nicht so behandelt.

»Mach dir keine Sorgen, Bettina«, Muck strahlte sie an, »Uli findet sicher noch etwas.« Uli warf ihm einen bösen Blick zu. »Red keinen Quatsch! Wenn schon die Polizei nicht weiterkommt!«

Doch Uli hatte noch nicht ganz aufgegeben. Am nächsten Tag fuhren er und Marion mit den Fahrrädern zu der ehemaligen Kläranlage. Sie lag zwischen Wiesen und Feldern, abseits einiger kleiner Höfe. Viel war nicht zu sehen. Es gab nur noch ein kleines, rundes Betonbecken, das von hohen Trauerweiden umgeben war. Und zwischen einigen großen Büschen stand eine Bank für müde Wanderer.

Marion und Uli setzten sich in den Schatten der Bäume, um zu verschnaufen. Bald war auch die mitgebrachte Limonade geleert.

»Du, Uli«, Marion blickte zu Boden, »wie können Menschen so grausam sein? Ich meine, wegen Bettina.

Daß die Entführer Geld wollten, ist ja schon schlimm genug. Aber dann, als sie das Geld hatten ... Bettina so zu quälen – warum sind Menschen so grausam?«

Uli suchte einen Moment nach der richtigen Antwort.

»Weißt du, Marion, Jesus sagt: Aus dem Herzen der Menschen – also aus unserem Innersten kommen schlechte, böse Dinge heraus. Jeder, der ohne Jesus lebt, gehört und gehorcht dem Gegenspieler Gottes.«

»Du meinst dem – Teufel?«

Uli nickte. »Aber der Teufel ist nicht so, wie ihn sich Menschen ausgedacht haben: so mit Pferdefuß und Schwanz und so ...«

»Ich verstehe, Uli. Er ist derjenige, der uns die bösen Gedanken gleichsam sagt und uns dann dazu bringt, sie zu tun.«

»Also müssen wir dem Teufel gehorchen – es sei denn, wir sagen Jesus, daß er uns vom Bösen freimachen soll. Und daß wir ihm gehören wollen.« Marion blickte nachdenklich in die Ferne. Dann drehte sie plötzlich den Kopf und sah Uli direkt an.

»Uli, warum läßt Gott das Böse alles zu. Ich meine zum Beispiel auch Kriege und das alles. Wenn ich da an Frau Homfeld und ihren vermißten Mann denke ...«

»Gott hat uns einen freien Willen gegeben, Marion. Wir können entscheiden, was wir tun wollen«, antwortete Uli langsam. »Menschen haben den Krieg angefangen, nicht Gott!«

»Und wenn Gott alles Böse verhindern würde, dann könnten wir ja gar nicht mehr entscheiden – meinst du das, Uli? Er würde uns sonst gleichsam zum Guten zwingen.«

»Ja, wir sollen uns freiwillig auf seine Seite stellen.«

Zwei Düsenjäger donnerten über sie hinweg. Als sie nur noch in der Ferne zu hören waren, fuhr Uli fort: »Jesus ist für unsere Sünden gestorben. Wenn ich ihn um Entschuldigung für alles Böse bitte, dann vergibt er mir.

Wenn ich ihn zum Herrn meines Lebens mache, dann muß ich nicht mehr sündigen. Ich tu's trotzdem noch oft genug . . .« »Der Teufel läßt uns eben nicht einfach in Ruhe. Im Gegenteil. Er versucht immer wieder, uns zum Bösen zu überreden. Aber ich gehöre nicht mehr ihm, sondern Jesus. Und der hilft mir, nein zu sagen.«

Marions Gesicht strahlte. Doch dann zog sie die Stirn in Falten.

»Ich müßte eigentlich gar nichts Böses mehr tun«, sagte sie nachdenklich, »und jedesmal, wenn ich dennoch schlecht handle, habe ich mich vom Teufel dazu überreden lassen – wie können wir nur so dumm sein?«

»Ich glaube, wir alle sind viel dümmer, als wir manchmal denken, Marion. – Aber weißt du, was mich begeistert?«

Mit großen Augen sah ihn Marion fragend an. »Daß Jesus mich dennoch liebhat. Überlege dir mal, er weiß alles. Jede Kleinigkeit meines Lebens, und dennoch will er mich nie mehr verlassen – selbst wenn ich Fehler mache, die nicht nötig wären. Er hält dennoch zu mir.«

»Es ist toll, Jesus gehören zu dürfen, Uli.« Schweigend saßen sie zusammen.

Und es kam, wie es kommen mußte, unwillkürlich wanderten Ulis Gedanken wieder zu Bettina und der Entführung. Plötzlich zuckte er zusammen.

»Mensch, Marion! Ich . . .«

»Was ist denn, Uli?«

»Ich muß noch mal zu Bettina. Am besten heute noch. – Wenn das stimmt, was ich denke, dann . . .«

»Was ist denn los, Uli?«

»Ich möchte erst darüber reden, wenn – entschuldige, laß mich erst mal . . .«, wehrte er aufgeregt ab.

Sie fuhren zum Krankenhaus.

Als sie ins Krankenzimmer traten, schaute Bettina sie erschrocken an. Doch dann lächelte sie.

»Ach ihr, Uli, schön daß ihr kommt.«

»Du, Bettina, kannst du uns alles noch mal erzählen?« platzte er heraus.

Sie nickte verwundert.

Während sie erzählte, schaute Uli aufmerksam in seine Notizen. Aber Marion bemerkte, daß er gar nicht mitlas. Ihr fiel auf, daß er zweimal das Blatt wechselte, obwohl Bettina mit ihrem Bericht an einer ganz anderen Stelle war.

Marion achtete auf jedes Wort. Alles stimmte.

Auf was wollte Uli hinaus?

»So. Das war alles«, sagte Bettina endlich und lehnte sich im Bett zurück.

»Und das«, Uli zögerte, »ich meine, das alles hast du auch der Polizei erzählt?«

»Ja. Wieso?« Bettina war verwirrt.

»Ich meine, du könntest doch etwas vergessen haben, oder so . . .«

»Nee, das hab' ich alles erzählt – nur . . .«

»Nur???«

Uli starrte sie verbissen an.

»Nur das letzte, wo sie mich so furchtbar geschlagen haben, das habe ich nicht so ausführlich erzählt. Sie . . . sie haben mich ja gefunden und haben gesehen, wie ich zugerichtet bin.«

Uli nickte gedankenverloren.

»Hm, Bettina. – War die Polizei noch mal bei dir?«

»Sie war nur einmal hier. Gestern, wo ihr mich auch besucht habt.«

Bettina überlegte kurz.

»Ihr wart am Nachmittag da, und die Polizei am Vormittag. – Es war gar nicht so leicht, das alles zweimal zu erzählen – ich meine an einem Tag. Da ist man ganz fertig hinterher . . .«

Uli nickte.

»Tun deine Rippen noch sehr weh?«

Bettina faßte mit der linken Hand zur rechten Körperseite.

»Es geht . . .«, meinte sie.

Uli hatte sie genau beobachtet.

»Gut, Bettina. Ich . . . ich wünsche dir gute Besserung. Alles Gute!« stotterte er zum Abschied.

Sie standen vor dem Krankenhaus bei den Rädern. Uli öffnete gerade sein Fahrradschloß.

»Du, Uli?«

Er schaute auf und sah direkt in Marions Gesicht. »Was wolltest du denn eigentlich? Die Notizen hast du doch nicht verglichen – stimmt's?«

Uli lächelte.

»Nein, ich habe auf etwas anderes geachtet.«

»Und was? Willst du es mir jetzt sagen?«

»Mensch, Marion!« Uli schüttelte den Kopf. »Warum muß immer mir das passieren?«

»Was denn?«

»Na . . .« Er stöhnte leicht. »Warum muß immer ich in solche Sachen verwickelt werden? – Also, hör mal her: Bettina hat uns alle Einzelheiten genau erzählt.«

»Ja, Uli. Ist doch gut, daß sie so gut aufgepaßt hat.«

»Schon – aber sie hat uns zuviel erzählt!«

»Zuviel???«

»Sie hat uns mehr erzählt als der Polizei – das hat sie doch selbst gesagt.«

»Ja, aber doch nur, wie die Entführer sie so furchtbar geschlagen haben. Da hat sie doch recht, das brauchte sie der Polizei nicht so ausführlich zu schildern. Die Beamten haben es ja selbst gesehen. Und bestimmt haben die vom Arzt einen genauen Bericht bekommen. Was ist da verdächtig, Uli?«

»Das will ich dir sagen. – Vorher müssen wir aber noch zu Frau Homfeld. Mir ist da etwas eingefallen . . . .«

6. Das Geständnis

Uli und Marion fuhren zur ehemaligen Kläranlage. Unterwegs sprachen sie kein Wort. Beide spürten die ungeheure Spannung, die in der Luft lag. Als sie angekommen waren, stellten sie die Fahrräder hinter einigen Büschen ab.

»Also, Marion«, Uli sah sie ernst an, »vielleicht täusche ich mich ja, aber . . .«

Marions Gesicht wirkte angespannt.

»Wir werden es bald wissen, Uli. Am besten trennen wir uns jetzt.«

Uli nickte.

»Du gehst nach hinten, Marion. Ich bleibe hier.«

Marion verschwand hinter dichtem Buschwerk. Uli bückte sich, als wollte er den Boden genau betrachten; aber immer wieder hob er kurz den Kopf und schaute den Weg zurück, den sie gekommen waren.

Etwa eine halbe Stunde verging auf diese Weise, da tauchte ein einzelner Mopedfahrer auf. Schnell kam er näher. Die letzten Meter ließ er sein Moped fast lautlos im Leerlauf heranrollen.

Uli hatte sich aufgerichtet und erwartete den jungen Mann.

»Was willst du?« fragte der. »Du wolltest mit mir reden, hat meine Mutter gesagt.«

Uli nickte und sah ihm direkt in die Augen.

»Sie haben Bettina entführt!«

Und mit diesen Worten deutete er auf den Mopedfahrer. Seine Worte sollten diesen wie ein Schlag ins Gesicht treffen. So hatte es Uli beabsichtigt. Aber sein Gegenüber zuckte nur unmerklich zusammen. Krampfhaft versuchte er zu lachen.

»Wie kommst du denn auf so einen Blödsinn?«

»Das kann ich Ihnen genau sagen ...« Uli holte tief Luft. Jetzt kam es auf jedes Wort an, wenn sein Plan gelingen sollte.

»Der erste Brief der Entführer kam am Sonntag.«

»Na und???«

Bettinas Bruder, er war der Mopedfahrer, war abgestiegen.

Ulis Mundwinkel zuckten vor Aufregung. »Sie haben den Brief geholt – gefunden, meinetwegen ... – Können Sie mir sagen, wie er in den Briefkasten gekommen ist? Die Polizei war doch die ganze Zeit im Haus.«

Auf Ulis Stirn standen Schweißtropfen. Jetzt mußte er besonders aufpassen.

»Es wäre natürlich möglich«, fuhr er fort, »daß der Briefkasten von der Polizei nicht jeden Augenblick beobachtet wurde. – Aber es gab jemanden, der das Haus die ganze Nacht über bewacht hat. Niemand hat einen Brief in den Kasten geworfen.«

»So – und wer soll dieser geheimnisvolle Bewacher gewesen sein?« wollte Bettinas Bruder wissen.

»Die Nachbarin, Frau Homfeld, sie saß die ganze Nacht am Fenster. Ihre Mutter hat in Bettinas Zimmer geweint, und Frau Homfeld ist auch wachgeblieben. Sie konnte einfach nicht schlafen, hat sie mir gesagt.«

Uli sah, wie Bettinas Bruder bleich wurde. »Sie haben den Brief selbst hineingelegt und dann behauptet, Sie hätten ihn gefunden! – Und später machten Sie Ihren zweiten Fehler: Sie waren im Krankenhaus und haben Bettina eine neue Geschichte erzählt, die sie erzählen sollte.« Uli holte tief Luft.

»Alles war ja von Anfang an mit Bettina abgesprochen. Sie wußte genau, was sie der Polizei berichten sollte. Aber dann haben Sie die neue Geschichte erfunden und dabei unterlief Ihnen ein Fehler ...«

Bettinas Bruder Wolfgang zog langsam die Luft ein.

Sein Gehirn arbeitete fieberhaft: Wo lag der Fehler? Und – was sollte er jetzt tun?

»Doch Bettina wurde von der Polizei verhört, ehe Sie ihr die neue Version der Entführung beigebracht hatten.« Uli lächelte bitter. »Wäre das nicht gewesen, hätte die Polizei sofort gemerkt, daß etwas nicht stimmt. Denn: Bettina wußte zuviel!«

Ein leichter Windhauch fuhr durch die Trauerweiden. Irgendwo in der Ferne tuckerte ein Traktor. Doch weder Uli noch Bettinas Bruder achteten darauf.

»Wenn man eine schwere Gehirnerschütterung hat«, fuhr Uli fort, »weiß man nicht mehr so genau, was unmittelbar davor geschehen ist. Bettina wußte zuviel!«

Wolfgang Becker zögerte keinen Augenblick. Blitzschnell ballte er eine Faust und sprang auf Uli zu.

Doch der hatte mit dieser Reaktion gerechnet. In Sekundenschnelle war er auf dem untersten Ast der Trauerweide, die hinter ihm stand, und kletterte eiligst nach oben.

»Gut!« Bettinas Bruder machte ein verbissenes Gesicht. »Du weißt auch zuviel! Aber auch du wirst vergessen, was unmittelbar vor der Gehirnerschütterung geschehen ist – vor deiner Gehirnerschütterung!«

Uli hatte nur ungefähr zwei Meter zwischen sich und Bettinas Bruder, der sich jetzt auf die unteren Äste der Trauerweide hinaufzog. Er schien zu überlegen.

»Geben Sie auf!« rief Uli herunter. »Es hat doch keinen Sinn mehr. – Nur eins würde ich noch gerne wissen: Warum haben Sie Bettina so zugerichtet? Das war doch wirklich nicht nötig.«

»Du Idiot!!!« brüllte Wolfgang Becker. »Denkst du vielleicht, ich . . .?«

Energisch kletterte er weiter. Uli stieg ebenfalls noch etwa einen Meter höher. Dann wurden die Äste zu dünn. Bettinas Bruder begann am Baum zu schütteln.

In seiner Höhe war der Stamm bereits so dünn, daß dies möglich war.

Jetzt wußte Uli, was Wolfgang sich überlegt hatte. Uli sah nach unten. Puh, wenn ich da runterfliege, dann ...

Und auf einmal begriff er. Es war nur eine Vermutung, aber ...

»Sie haben Bettina gar nicht geschlagen«, rief er nach unten, »sondern sie ist irgendwo runtergefallen – stimmt's? – Deshalb hat sie nur auf der rechten Seite die Verletzungen. Da ist sie bestimmt draufgefallen. Das kam mir von Anfang an merkwürdig vor.«

Uli kniff die Augen zusammen.

»Dann haben Sie sie hierhergebracht. Und aus dem Unfall wurde eine Mißhandlung. Eigentlich prima. Wer sollte jetzt noch darauf kommen, daß ihr selbst alles eingefädelt habt, um das Haus behalten zu können? Vielleicht wäre sogar alles gelungen, wenn nicht ...« Bettinas Bruder hatte aufgehört, am Baum zu schütteln.

»Vater und Mutter haben sich so viele Sorgen gemacht. Wir mußten doch helfen ...«, rief er verzweifelt nach oben. »Und alles hat prima geklappt: Bettina kam unbemerkt zu dem Versteck im Wald; Onkel Anton gab das Geld, die Übergabe klappte – und selbst als ich Bettina bewußtlos unter dem Baum fand, gab es noch eine Lösung. Was kann ich dafür, daß sie runtergefallen ist? – Und nun soll alles umsonst gewesen sein? Warum willst du alles zerstören? Nein!!!«

Der Baumwipfel begann wieder zu schwanken.

»Stellen Sie sich! Es hat doch keinen Sinn mehr!« wiederholte Uli. Seine Stimme klang ruhig. Aber sein Herz klopfte wild. Krampfhaft hielt er sich an zwei Ästen fest.

»Nur so kann alles gut werden. Stellen Sie sich der Polizei!«

»Ja, Sie müssen sich stellen!« rief auf einmal eine Mädchenstimme von unten.

Bettinas Bruder zuckte erschrocken zusammen. Unter der Trauerweide stand Marion und sah nach oben.

Was nun?

»Stellen Sie sich der Polizei – nur dann kann alles in Ordnung kommen!« wiederholte sie Ulis Aufforderung.

Wolfgang Becker begann haltlos zu weinen. Er hatte plötzlich keine Kraft mehr. Langsam kletterte er nach unten.

Dort hockte er sich schluchzend auf den Boden. »Wir hatten alles so gut geplant – und . . .«

Uli war auch heruntergeklettert.

»Sie müssen sich der Polizei stellen. Wenn Sie sich stellen, fällt die Strafe sicher viel geringer aus . . .« Ulis Stimme klang mahnend. Bettinas Bruder nickte schwach.

»Gut, ich gebe auf!« murmelte er.

In diesem Augenblick bogen sich die Äste eines Gebüschs in der Nähe auseinander, und Kriminalkommissar Meier kroch heraus.

»Sie wollen sich stellen? Das finde ich eine gute Idee!« meinte er ernst. »Und: Was sich sonst hier abgespielt hat, will ich vergessen. – Einverstanden, Uli?«

Uli nickte. Der Kommissar sah Marion an. Auch sie nickte stumm.

Herr Meier ging mit Bettinas Bruder los. Der ließ die Schultern hängen und schob müde sein Moped den Weg entlang.

Uli atmete auf und sank zu Boden.

»Mensch, Marion. Ist mir schlecht! Ich bin doch nicht schwindelfrei . . .«

Sie lächelte.

»Das hast du prima gemacht, Uli. Du hast nicht aufgegeben. Ich bin stolz auf dich!« Ein Leuchten huschte über Ulis Gesicht.

»Ja«, fuhr Marion fort, »daß du dir das mit dem halbfertigen Geständnis ausgedacht hast, war nicht übel

– wie in einem Fernsehkrimi!« Uli atmete schwer. Seine Knie waren weich wie Butter. Sein Magen fuhr Karussell ...

»Ich hatte es doch Herrn Meier versprochen, ihn zu informieren, wenn ich etwas wüßte. Aber Bettina und ihrem Bruder wollte ich doch auch helfen. – Da habe ich mir eben gedacht ...«

»Und so hast du auch noch die letzten Beweise gefunden. – Klasse, Uli!«

»Ja. Davor hatte ich ja fast nur Verdachtsmomente, wie das so schön heißt. Frau Homfeld konnte doch wirklich etwas nicht bemerkt haben; das einzig Sichere war die falsche Geschichte mit der Mißhandlung und der Gehirnerschütterung. Aber da tappte ich ja auch noch ziemlich im dunkeln. – Ist nur gut, daß Kommissar Meier mitgemacht hat.« Uli legte die Hände zusammen und sah Marion nachdenklich in die Augen.

»Weißt du, was wir jetzt machen?«

Zwei fragende Augen sahen ihn an.

»Wir danken Jesus, daß er uns geholfen hat, und alles so gut ausgegangen ist. – Bettina könnte tot sein, du hättest herunterfallen können, und mit ihrem Bruder, das hätte auch ganz anders laufen können.«

Marion nickte.

»Außerdem können wir beten, daß alles noch ein gutes Ende findet.«

Nachdem sie zusammen gebetet hatten, waren sie einen Augenblick lang still. Dann fragte Marion: »Du, Uli? Was meinst du, wie wird Bettinas Onkel reagieren?«

Uli zuckte die Achseln. Man mußte abwarten.

Woher sollte Uli auch wissen, daß der Onkel sich mit Beckers versöhnte. Er war bereit, ihnen zu helfen.

Plötzlich sprang Uli auf und strahlte Marion an.

»Los, komm! Ich habe eine Idee!« Er faßte sie an der Hand und zog sie zu den Fahrrädern.

Dann radelten sie los.

»Wo willst du denn hin, Uli?«

»Ich weiß schon!« Uli trat in die Pedale, daß man meinen konnte, es ginge um Leben oder Tod. Marion kam kaum hinterher. Endlich hatten sie den Ort erreicht, und wenig später standen sie vor einem Blumengeschäft. Marions Augen weiteten sich. Was hatte Uli vor? »Bin gleich wieder da!« rief er ihr zu – und verschwand hinter der Glastür.

Von außen sah Marion, daß er einen großen Strauß roter Rosen kaufte. Marion bekam heiße Ohren. Was mochte das bedeuten?

Strahlend kam Uli herausgelaufen. »Los, Marion!«

Verständnislos sah sie ihn an. Uli schwang sich auf sein Fahrrad und fuhr los – so gut das mit dem großen Strauß Blumen im Arm möglich war. »Na, Marion, was ist denn? Komm schon! Sie fuhren ins Industrieviertel, und dann direkt in die Straße, wo Bettinas Eltern wohnten. Vor dem Haus der Nachbarin bremste Uli ab. Langsam dämmerte es Marion. Schade! – Und sie hatte schon gedacht, die roten Rosen wären für sie . . .

Uli wickelte die Blumen aus und warf das Papier in die Mülltonne. Dann standen sie schon vor der Haustür und klingelten.

Frau Homfeld traute ihren Augen nicht, als Uli ihr die Rosen überreichte.

»Ohne Sie hätten wir das alles nicht geschafft«, sagte Uli leise.

»Na, kommt doch rein . . . Und vielen Dank für die schönen Blumen, ich . . .«

Sie wischte sich einige Freudentränen weg. Enttäuscht sah Marion den Rosen hinterher. Es imponierte ihr, daß Uli daran gedacht hatte, der Frau eine solche Freude zu machen, aber . . .

Erst als sie das Wohnzimmer betraten, bemerkte sie,

daß Uli noch eine rote Rose hinter seinem Rücken versteckt hielt.

»Die ist für dich, Marion. Weil ... ohne dich ... ich meine ...«

Alles nahm noch ein gutes Ende. Der Onkel versöhnte sich wieder mit Beckers. Die Anstrengungen der Kinder für ihre Eltern hatte ihn nachdenklich gemacht. Er war bereit, zu helfen.

Sie mußten zwar weiterhin hohe Summen abzahlen, aber er lieh ihnen das Geld so günstig, daß sie es schaffen konnten. Bettina wurde wieder gesund, ihr Bruder Wolfgang kam mit einer geringen Strafe davon, und Uli? – Na ja, davon vielleicht ein andermal mehr ...

Noch eine Frage

»Ich sitze im Grünen und wünsche mir ...«

Vielleicht kennst Du dieses Kreisspiel, bei dem man sich jemanden wünschen darf, der dann blitzschnell den freien Platz rechts neben dem Wünschenden belegen muß. Schnell muß der linke Nachbar des freigewordenen Stuhles weitermachen – und immer so fort. Wer zu langsam ist, scheidet aus.

Auch ich habe einen Wunsch. Ich wünsche mir, ich könnte Dich – ja, ich meine wirklich Dich! – neben mir haben. Dann könnte ich Dich fragen, ob Du auch alles verstanden hast, was ich in diesem Buch geschrieben habe. Mein Freund »Kommissar Uli«, der hat ja begriffen, was ich meine. Ob ich es Dir genauso gut verständlich machen konnte?

Klasse, wenn jetzt alles klar ist. Was aber machen, wenn doch noch etwas unklar blieb? In diesem Fall kannst Du mir einmal schreiben (falls Du sonst niemand kennst). Du bekommst ganz bestimmt eine Antwort.

Hier meine Adresse:

Andreas Schwantge
Postfach 12 20
D-73762 Neuhausen-Stuttgart

Dein
Andreas Schwantge

hänssler

Unter Sklavenhändlern
Tb., 64 S., Nr. 75.303, ISBN 3-7751-1427-0

Schreie!!! Sklavenhändler überfallen das Dorf! Kurze Zeit später befindet sich Kibi auf einem Sklavenschiff nach Amerika.

Das Geheimnis der Falkenburg
Tb., 64 S., Nr. 75.307, ISBN 3-7751-1426-2

Peter und Klaus erforschen einen geheimnisvollen Gang. Doch plötzlich stürzt hinter ihnen die Decke ein!

Erbarmungslose Jagd
Tb., 108 S., Nr. 73.043, ISBN 3-7751-0830-0

1527: Bauer Sanchez behandelt den jungen Pedro so schlecht, daß dieser beschließt, abzuhauen. Auf seiner Flucht lernt er den Christen Fernandez kennen, der ihm auch in brenzligen Situationen ein treuer Freund bleibt.

Bitte fragt in Eurer Buchhandlung nach diesen Büchern! Oder schreibt an den Hänssler-Verlag, Postfach 1220, D-73762 Neuhausen-Stuttgart.